이제 너는 노땡큐

세상에 대들 용기 없는 사람이 뒤돌아 날리는 메롱

이제 너는 노땡큐

이윤용 지음

수카

Prologue

제가 이 나이 먹도록 참 못하는
오만 아흔두 가지 중 하나는 '버리기'입니다.

옷 버리기,
가방 버리기,
이면지 버리기,
상처 되는 말 버리기,
내 사람 아닌 사람 버리기.

여태 그걸 못해서
가슴이 터지도록 쌓아온 물건과 말들이
가끔 제 숨통을 조르기도 합니다.
그러다 40대에 접어들면서,
결국 안 입는 옷은 끌어안고 있어봐야

죽을 때까지 안 입을 거란 걸 알았고,
상처 되는 말은 뱉은 사람이 나에게 버리고 간
쓰레기일 뿐이라는 걸 알았으며,
지난 사랑은 곱게 체에 걸러 아름다운 기억만 새겨도 모자랄
내 인생이란 걸 알았습니다.

문자함 또한 그렇지요.
유난히 잠이 오지 않던 어느 날,
역시나 휴대전화를 산 이후 한 번도 관리하지 않은 문자함에는
광고성 문자부터 다신 연락하고 싶지 않은 사람의 메시지까지
참 많이도 쌓여 있더군요.

하나하나 휴지통 모양을 터치해봤습니다.
아, 삭제하고 났을 때의 그 통쾌함이란!

어느덧 제 나이 40대.
지금까지 살아온 제 인생을 체에 걸러볼까 합니다.
독이 된 사람과 감정들을 삭제하고
힘이 된 사람과 그 마음들을 보관함에 담아봅니다.

어차피 세상에 대들 용기도 없고,
억울해도 잘 따지지 못하는 이놈의 성격으로
제가 할 수 있는 최고의 복수는,
상처 준 사람들을 향한 내 감정을
아무도 모르게 삭제해버리는 것일 테니까요.

그렇다고 이 책이,
생각을 버릴 수 있도록 연습시켜주는
자기계발서는 아.닙.니.다.
자신의 감정을 자유자재로 조련하도록
방법을 제시하는 훈련서는 더욱 아.니.죠.

다만,
소심해서 세상에 지를 용기 없는 저 같은 사람이,
앞에서는 아무 말 못 해도
뒤돌아 혀를 내미는 메롱 같은 것.
상처 준 사람을 찾아가 따지지는 못해도
집에 와 조용히 그의 문자를 삭제하는
꼬물거림 같은 것.

그 작은 메롱과 꼬물거림으로

나를, 내 감정을, 보호하며 살고 싶습니다.

우리 이제,

그래도 되지 않을까요?

봄 앞에서

이윤용

Contents

Part 2. 유머를 잃지 않게 해주세요

Part 3. 마음을 내어주고 싶은 당신이 있어서

Part 4. 우리는 사람이지, 우렁이가 아니니까요

Part 1
감정 끊는 법을 저장하시겠습니까?

죄송
합니다.
꾸벅
1 밥 먹었어요?
잘 지내?
어떻게
지냈어?

← 님아, 그 세탁소에 가지 마오

○○○○아 세탁소

여름맞이 전품목 세탁 세일!
알뜰 세탁의 기회를 놓치지 마세요!

기회를 놓치지 말래서 간 것은 아니었다.
(난 그렇게 호락호락한 인간이 아니니까.)

다만 수선을 맡기기 위해 ○○○○아 세탁소를 찾았다. 줄을 설 정도로 사람이 밀려 있었고 나는 순서를 기다렸다. 그런데 내 순서가 되자 사장님께서 아주 활짝 웃는 얼굴로 말씀하셨다.

혹시 뒤의 옷 찾으러 오신 분 먼저 해드려도 될까요?

평소 같으면 "그러세요" 했겠지만 나는 그날 좀 급한 일이 있었고, 그래서 "얼마나 걸리는데요? 제가 좀 급한데"라며 말끝을 흐렸다.

15%

그런데 문제는 그다음에 일어났다. 세상 상냥한 미소로 말하던 얼굴을 갑자기 0.1초 만에 지우더니 아주 퉁명스럽고 위압적인 말투로 이러는 거다.

성함이요!? 연락처도 대셔야죠! 010 그다음 뭐요!?

네, 압니다.
제가 사장님 뜻대로 움직이지 않아서 기분이 상했을 수는 있어요.
그런데 저도 오랫동안 기다린 고객인데 어떻게 그렇게 순식간에 정색을 하며 사람을 윽박지를 수가 있죠?
라고 묻지는 못했다. 왜냐하면 나는 소심한 인간이므로.

그저 내 이름을 더듬더듬 얘기하고(아, 왜 더듬었지? 자존심 상한다), 연락처를 말하고, 가지고 온 옷들을 맡기고, 언제 찾으러 와야 하는지 묻지도 못한 채(이건 좀 물어볼걸!) 죄인처럼 인사를 하고 나왔을 뿐.

생각해보면 그런 사람들이 있다.
자신의 편의대로 얼굴색을 바꾸고, 순서의 원칙을 바꾸고, 내 감정을 늪으로 바꾸는 사람! 자기 기분 내키는 대로 신나게 하하 호호

웃다가도 뭐 하나 자기 맘대로 안 됐다 싶으면 버럭 화를 내고 돌아서는 사람! 그리고 다음엔 또 아무렇지도 않은 듯 상냥한 얼굴로 나를 맞이하겠지. 그러면서 그들은 스스로를 이렇게 칭한다. "대신 난 뒤끝이 없잖아."

근데 어쩌지? 난 뒤끝이 있거든.

한없이 상냥한 척 다가왔다가
자신의 뜻대로 행동하지 않는다는 이유로
세상 매서운 얼굴로 화를 내는 당신을,
이제 내 마음에서 삭제하고 싶다.
나는 더 이상 당신의 친절과 미소를 믿을 수 없게 되었으므로.
당신은 환하게 입꼬리를 올리지만
내 눈엔 당신 뒤에 달린 가식의 꼬리가 훤히 보이므로.

자신의 뜻대로 상대를 움직이려는
사람을 삭제하시겠습니까?

취소 삭제

17%

← 무례한 걱정

고등학교 동창 ○○○

가입해야 돼. 너 이미 늦었어.
진짜 걱정돼서 그래.

내 주위에는 나의 결혼을 걱정하는 사람들이 많다. 마흔이 넘어서도 결혼을 안 하고 있으니 그 마음 이해 못 하는 것은 아니다. 그런데 재미있는 것은, 별로 친하지 않은 사람들이 그런 걱정을 한다는 거지.

올해 초쯤이었나. 아주 오랜만에 우연히 길에서 고등학교 동창을 만났다. "넌 어쩜 그대로니?"를 시작으로 "어떻게 지냈니", "반갑다", "나는 애가 둘이야", "아, 너 아직 결혼 안 했구나" 등등의 인사를 나누고 연락처를 교환한 후 헤어졌는데, 그런 그녀가 며칠 후 전화를 해왔다.

19%

이런저런 짧지 않은 이야기가 오고 갔지만 결론은 하나였다.

내 친구가 결혼정보회사에서 일하거든. 너 가입하라고.
응?

나는 괜찮다고 했지만 그녀는 내 말을 들었는지 못 들었는지, 자기가 말 잘 해서 내가 원래 받을 수 있는 등급보다 한 단계 올려주겠다는 제안도 곁들였다. 이건 뭐, 내신등급 올리는 것도 아니고.
결혼정보회사에서 연봉, 학벌, 나이 등을 합산해서 점수를 매긴다는 건 알고 있었지만, 막상 대놓고 들으니 기분이 묘했다. 하도 강력하게 권하길래 생각해보겠다고만 하고 전화를 끊었는데, 1분도 안 돼서 문자가 왔다.

가입해야 돼. 너 이미 늦었어.

나도 안다. 내 결혼 늦은 거.
그런데 진짜로, 그래서 너무너무 마음이 편하다.
그러니까 그건 마치, 아침에 늦잠 자서 학교에 5분, 10분 지각할 것 같으면 어떻게든 뛰어서 아슬아슬하게라도 시간을 맞추려는 조급함이 들겠지만, 아예 한 시간쯤 늦어버리면 '이렇게 된 거, 3교시쯤 들어가지 뭐' 하면서 마음이 느긋해지는 것과 같다고나 할까.

우리 가족은 물론 내 주위에선 이런 내 마음을 잘 알기 때문에 결혼을 재촉하거나 걱정하지 않는다. 그런데 18년 만에 만나 5분 이야기 나눈 동창이 지금 내 걱정을 하고 있는 것이다.

걱정이 돼서, 라는 말로 남의 사생활에 쑥 끼어드는 사람들.
걱정이 돼서, 라는 말로 남의 상처에 소금 뿌리는 사람들.
걱정이 돼서, 라는 말로 심란한 속을 더 뒤집어놓는 사람들.

나는 이제 "네가 걱정이 돼서"라는 핑계로 나에 대해 함부로 말하는 사람을 거부하려 한다.
정말 걱정이 된다면 그저 조용히 교회에 나가 새벽기도나 해주면 좋겠다.
아니, 절에서의 백일기도도 환영합니다. 정말 그것으로 족합니다.

걱정으로 포장된 타인의
무례함을 삭제하시겠습니까?

취소 삭제

21%

← 사과는 잘해요

아! 넵! 죄송!

나는 사과를 잘한다. 내 말버릇 중의 하나가

어머, 죄송해요!

헛, 미안해!

아이쿠, 사과드립니다!

이다.

어느 날은 밥을 먹는데 하도 날벌레가 왔다 갔다 하길래,

저리 가! 하고 손짓으로 날리다가

벽에 탁 쳐 날벌레가 죽고 말았을 때도

"어머, 미안!" 하고는 나도 모르게 사과를 했던 것이다.

이로써 나는 내가 왜 사과를 잘하는지 알게 됐는데,

23%

그것은 내 사과에 진.심.이 없.기. 때문이었다.

그냥 서로 얼굴 붉히는 게 싫어서,
혹시라도 언쟁이 벌어질까 봐,
누구라도 사과하면 일이 빨리 끝나니까,
어느새 나는 "어머, 죄송해요!"를 입에 달고 산 것이다.

그런데 신기한 것은,
사과를 하면 정말로 일이 빨리 마무리된다는 것인데
한번은 상대가 별 쓸데없는 일에 격하게 화를 내길래
아! 넵! 죄송!
하고 문자를 보냈더니, 그 후 문자가 오지 않았다.
그 상황에 상대의 얼굴을 보지는 못했지만
아마도 상대는 순간적으로 할 말을 잃었을 것이다.
그리고 생각하겠지.
'아이씨, 죄송하다는데 뭘 또 보낼 수는 없고.
이거 나 혼자 흥분한 건가? 쪽팔리는데?'

그래서 나는 앞으로도 사과를 잘하기로 했다.
'잘못도 안 했는데 내가 왜 사과를 해? 자존심 상해!'

라고 생각할 필요도 없다.
왜냐하면, 나의 사과에는 진심이 없으니까.

자신의 위치가 대단한 권력인 줄 아는 사람.
세상에서 자기 말만 옳다고 믿는 사람.
내 기분은 생각도 안 하고 자기가 왜 화가 났는지
그 감정만 이만~큼 장문의 문자로 보내오는 사람.
그런 사람들에게 진심 없는 짧은 사과를 보내보는 건 어떨까.

아! 넵! 죄송!

아마 그들은 더 열이 받겠지만
그래도 딱히 뭐라 할 말은 없을걸? (메롱!)

쓰고 보니, 혹시 오해하실까 봐 말씀드리는데,
제 모든 사과에 진정성이 없는 것은 아닙니다.
그냥 상대가 좀 피곤하게 굴 때 쓰는 방법이지요.
오해의 소지를 남겨 죄송합니다.
이 죄송은 진짜 사과입니다.

25%

갑질에게 날리는 진심 없는
사과를 저장하시겠습니까?

취소 저장

← 네이처스 윈도 동물처럼 사는 법

대학 동기 ○○○

남자 없이 못 사는 스타일 있잖아.
남자하고 노는 거 좋아하는. 쟤는 그런 애 같애.

능력자네.

대학 동기 ○○○

뭐가 능력자야. 이상하지.
같이 다니기 싫어.

호주의 칼바리국립공원에는 '네이처스 윈도(Natures Window)'라는 바위구조물이 있다.

흰색과 붉은색이 섞여 색깔 띠를 이루는 지층이 퇴적암으로 쌓이고, 강한 바람이 그 퇴적암 가운데 큰 구멍을 만들었는데 그 모습이 마치 창문과 같다 하여 붙은 이름 '네이처스 윈도'.

27%

“네이처스 윈도로 세상을 바라보고 있노라니 숙연한 마음이 절로 든다”라고 한 관광객이 말하였는데, 꼭 내가 갔다 와본 것처럼 썼지만 〈걸어서 세계 속으로〉에서 본 장면이다.
그러면서 관광객 하는 말이 “사람이 별로 없어서 이곳 동물들은 경계심이 없어요. 사람이 와도 피하지 않죠”였는데, 그 이야기를 듣고는 문득 이것이 사람과 동물의 다른 점이 아닐까 생각해보았다.
인적이 드문 곳의 동물들은 사람을 잘 모른다. 그렇기 때문에 저게 사람인지 또 다른 동물인지(사람도 결국은 동물이지만) 별로 신경 쓰지 않고 자기 할 일을 하는 것이지.

하지만 사람은 어떤가. 자신과 조금만 달라도 경계하고 배척하고 무시한다. 딱히 특별한 이유도 없다. 그저 나와 성향이 다르다는 이유로 이상한 사람 취급을 하는 것이다.

대학 다닐 때 나에게도 그런 친구가 있었다.
자기와 다른 성향의 사람은 일단 무조건 험담을 하고 보는 것인데, 매번 과모임 뒤풀이 때 남자애들과 술을 마시고 끝까지 남아 놀다 가는 동기를 보고, 내가 바로 옆에 있는데도 굳이 문자를 보내왔다.

남자 없이 못 사는 스타일 있잖아. 걔는 그런 애 같애. 같이 다니기 싫어.

나는 이런 말하는 너랑 다니기 싫다!
라고 답문을 보내지는 못했지만, 순간 친구에게 정이 뚝 떨어졌다. 남자랑 놀면 왜? 뭐가 안 된다는 거지? 여고를 나오고 숫기도 없는 나는, 남자애들과 스스럼없이 잘 지내는 그녀가 존경스러웠다. 그것도 능력이라면 능력인데, 왜 그 능력이 무시당해야 하는지 이해할 수 없었다.

아마 지금의 나라면, "그렇게 생각하는 게 더 이상한 거 아니니?" 라고 한마디 쏘아붙였겠지만, 그때는 아무 말 못하고 그저 "크크" 두 글자만 적어 보냈던 기억이 난다.
그리고 생각했다. 그녀는 내가 조금만 자신의 의견과 다른 말을 해도, "이상한 애"라고 나에 대한 문자를 보내겠구나. 아니, 어쩌면 나와 사이가 틀어진 뒤 이미 여러 사람에게 그런 문자를 보냈을 수도 있겠다.

그 친구는 요즘 어떻게 살고 있을까.
많은 세월이 지난 지금도
여전히 자신과 성향이 다른 사람을 험담하며 살고 있을까.
그 친구를 생각하며 한 가지 결심한다.
나와 행동이, 생각이 완전히 다른 종(種)의 사람을 만나도

29%

배척하지 않겠다고.

무심하게 내 할 일을 할지언정, 험담은 하지 말자고.

'네이처스 윈도'의 동물처럼,

편견에 발톱을 세우고 다양함에 귀 기울이며

그렇게 한 수 위로 살아가자고.

그렇게 마음 넓게 살아가자고.

나와 다르다고 험담하고 다니는
친구의 번호를 삭제하시겠습니까?

취소	삭제

← 칭찬인 듯 칭찬 아닌 욕 같은 너

기획사 ○○○ 대리

어머, 이 작가님, 대본 너무 재밌어요!

그녀의 칭찬을 믿지 않기로 한 건, 그리 오래되지 않았다.

처음에는 그녀의 칭찬에 신이 나서,
더 열심히 해야지,
기대에 부응해야 되는데 이번에 재미없다고 하면 어쩌지?
하는 걱정도 했다.

그랬던 내가 그녀의 칭찬을 의심하기 시작한 건,
어느 화사한 봄날이었다.
회의도 할 겸 함께 점심을 먹고 길을 걷는데
그녀가 아는 사람을 만나 반갑게 인사했다.
어머, 머리 하셨네요. 너무 잘 어울린다. 이 봄에 딱이에요.

31%

그리고 그 사람이 모퉁이를 돌아서자 그녀는 내게 속삭였다.

근데 머리가 좀 삼각김밥 같지 않아요? 호호호!

물론 처음엔 농담이라 생각했다.

그래서 속도 없이 같이 웃었다.

단발머리 잘못하면 그런 위험이 있죠,

라는 쓸데없는 말도 덧붙이면서.

그러나 어느 순간 그녀의 농담이 불쾌하게 다가오기 시작했다.

어머, 넥타이 정말 예쁘다. 어디서 사셨어요? 잘 고르셨다~

하고 칭찬을 한 후, 그가 사라지면 나에게 말한다.

근데 목이 너무 짧아 보이지 않아요?

어머, 이사 가셨다면서요? 내 집 장만이라면서요! 축하해요!

하고 돌아서서는,

은행 대출을 어마어마하게 받았대요. 그렇게까지 해서 꼭 집을 사야 되나?

라고, 꼭 욕은 아니지만 그렇다고 칭찬의 연장선도 아닌

애매모호한 말을 하는 것이다.

그리고 그날 밤, 나는 악몽을 꾸었다.

어머, 작가님, 대본 너무 재밌어요!

라고 하고선,

그걸 글이라고 썼냐?

라며 그녀가 우리 집 담벼락에 낙서하는 꿈을.

그리하여 나는 언제부턴가 그녀의 칭찬이 불쾌해지기 시작했다.

차라리 뒤에서 욕을 할 거면 앞에서도 해주면 좋겠다.

(아니다. 생각해보니 앞에서 욕하면 불쾌할 것 같다.)

정정한다. 나를 뒤에서 욕할 거면

앞에서는 웃지 말고 인사도 하지 말았으면 한다.

(아니다. 생각해보니 인사 정도는 하는 게 낫겠다.)

정정한다. 나를 뒤에서 욕할 거면

목례만 하고 지나가면 좋겠다.

앞에서 웃으며 인사하고, 뒤에서 침을 뱉는 당신.

당신의 칭찬은 이제 내 마음에서 삭제.

칭찬인 듯 칭찬 아닌 욕 같은

칭찬을 삭제하시겠습니까?

취소	삭제

33%

← 감정 단절법

조카 주희가 중국으로 떠났다.

주희란 누구인가.
우리 언니의 맏딸로 태어나
어려서부터 애교가 많고
세상 그 어떤 고민도 하룻밤 자고 나면 잊는 아이.

모두가 지옥을 맛본다는 고등학교 시절,
학교 가는 게 제일 즐겁다던 아이.
공부가 그렇게 좋냐고 물으니, 그게 아니라
쉬는 시간마다 교실 뒤에서 공기놀이를 하는데

35%

그게 너무 재미있다던 아이.
고3인 애가 저런 소리를 하니 내 속이 안 뒤집어지겠냐고,
언니의 울화통을 터지게 한 아이.
덕분에, 학교에서 행복지수 테스트를 했는데
공부로는 꿈도 꿔보지 못한 전교 1등을 한 아이.
그래도 운이 좋은 건지, 남 모를 노력을 한 건지,
어떻게 어떻게 대학에 붙어 모두를 기쁘게 한 아이.
그런 아이, 주희가 교환학생으로 중국에 가게 된 것이다.

그리고 떠나기 며칠 전,
덤덤할 것 같았던 언니는 곱창을 굽다가 눈물을 흘리고
"늘 끼고 살았는데 불안해서 어쩌냐"며
곱창을 소스에 찍었더랬다.

그런데 그 다음날, 언니에게서 카톡이 왔다.

9월 1일에 주희 공항에 좀 데려다줄 수 있어?
형부가 일 때문에 못 나갈 수도 있대.
언니는?
난 그날 계모임에서 제주도 가거든.

곱창 굽다 울던 언니 어디 갔을까.
끼고 살았는데 어쩌냐고 한숨짓던 언니는 어디로 사라진 걸까.

그리고 9월 1일, 정말로 언니는
인천공항 가는 딸을 뒤로하고,
앞서 김포공항으로 출발해 제주행 비행기에 올랐다.
들리는 얘기에 의하면,
현관문을 나서면서도 "우리 딸 어떡하냐"고 울며 나갔는데,
얼마 후 전화해보니
주위에서는 하하 호호 웃음소리가 끊이질 않고
"뭐? 야, 잘 안 들린다"며 먼저 전화를 끊더란다.

이별의 눈물 보이고 돌아서면 잊어버리는,
몇 분 만에 감정을 털어버릴 줄 아는
언니를 보며 나는 생각한다.

슬픔을 길게 가지지 않고 끊는 단단함.
또다시 슬퍼지더라도 잠시 동안 잊는 단순함.
이런 감정의 단절은 얼마나 현명한가!

37%

그리하여 나도 감정 단절을 위해
'절감(切感) 의자'를 만들었다.
그곳에 앉으면, 슬프건 억울하건 짜증나건
모든 일을 생각 말아야 하는 나만의 규칙 의자.

자, 이제 의자에 앉아 숨을 크게 들이마셔보자. 흡!
그리고 끊어버리는 거다. 세상이 내게 준 슬픔 따위.
나는 '잠시' 행복할 권리가 있으므로.

감정 끊는 법을
저장하시겠습니까?

취소 저장

← 나 좀 삭제해줄래?

010-OOOO-OOOO

출장 때문에 한국 왔는데,
너 이런 분위기 좋아했잖아. 생각나서.

저장이 안 되어 있는 번호.
처음엔 누군가 했다. 많이 본 뒷번호인데 누구더라, 싶었다.
그런데 한참 후에 생각났다. 오래전 헤어진 그다.

몇 년 전 외국으로 이민을 가서 그저 바람결에 건너건너 소식이 들려오던 그. 헤어지길 참 다행이지 싶을 만큼 결혼 후에도 온갖 추문이 들리더니, 이혼을 한다 어쩐다 하던 끝에 결국은 한국을 떴더랬다. 그래도 그 소식을 들었을 땐 왠지 좀 안쓰럽다는 생각도 들었는데, 문자를 받고 나니 정신이 번쩍 들었다.

내가 "그래, 그랬지"라고 짧은 답문을 보내자 그는 기다렸다는 듯

39%

문자 폭탄을 떨어뜨리기 시작했다.

잘 지내? 어떻게 지냈어?

몇 번 연락할까 했는데……

영국은 뭐 그럭저럭 심심하고……

사진을 많이 찍었는데 좀 보내줄까?

그리고 마지막은 이랬다.

앞으로 계속 연락해도 될까?

매너 좋고, 돈 잘 쓰고, 재미있고, 적극적이어서 내가 마냥 좋아했던 사람이다. 매너 좋고, 돈 잘 쓰고, 재미있고, 적극적인 모습을 다른 여자한테도 보여주고 있었는지 난 진정 몰랐었다. 헤어질 때도 어찌나 매너가 좋으시던지, 헤어짐을 당한 내가 대단히 잘못한 일이 있는 줄 알았다. 헤어진 후에야 나 말고도 다른 여자들이 있다는 것을 알게 되었고, 그 와중에도 나만 사랑했을 거라는 멍청한 생각으로 스스로를 달래기도 했었다.

그러나 누구의 잘못이건 간에, 한 사람을 사랑했던 그 시절의 나를 사랑하기로 했고, 그래서 그 대상이 되어준 그에게 고마웠으며, 그가 결혼한다는 소식을 들었을 땐 진심으로 축하해주었다. 그리하여 그가 이민 가던 날, 어디로 가는지 모를 비행기를 보며 나는 그의 행복을 빌어주었던 것이다.

그런데 이건 뭐지? 그의 문자를 받는 순간, 뭐랄까, 아름답게 포장했던 나의 그 시절이 산산조각 깨지는 느낌이랄까. 일종의 배신감 같은 것이 느껴졌다.
나는 애써 너를 아름답게 기억하려 하는데, 너는 본성을 버리지 못하고 나를 또 너의 그 문어발 어장에 넣으려 하는구나.
그리하여 나는 그에게 짧은 답문을 보냈다.

만나고 싶지 않아.

그리고 한마디 더 덧붙였다.

네 폰에서 나 좀 삭제해줄래?

그날 난 미련 없이 그의 문자에 삭제 버튼을 길게 눌렀다.
그렇게 그를 또 한 번 보냈지만 정말로 아무렇지 않았다.

41%

그와의 추억 한 덩이를 크게 도려내도 충분히 풍요로울 만큼,
지금 내 인생엔 또 다른 추억이 가득 담겨 있으므로.

또 한 번 그를
삭제하시겠습니까?

취소 삭제

← 내 돈의 안부

친구 ○○○

넌 혼자 사는 애가 그 돈도 없니?

아주 오랜만에 친구가 연락을 해왔다. 회의 중이라 전화를 받지 못해서 카톡을 보냈는데, 회의를 끝내고 보니 친구가 자신이 전화한 이유를 장황하게 남겨놓았다.

"오랜만이지?"를 시작으로 결혼식 이후 어떻게 살아왔는지 이런 저런 얘기를 늘어놓은 끝에 결론은 이랬다.

돈 좀 있니? 몇백만 빌려줄 수 있어?

근데 진짜로 나는 돈이 별로 없는 사람이기 때문에, 돈이 없다고 미안하다고 이야기했다. 그랬더니 내 말이 믿기지 않는 건지, 화가 난 건지, 대뜸 문자를 보내왔다.

◁ ✻ 43%

넌 혼자 사는 애가 그 돈도 없니?

순간, '이건 뭐지?' 하는 생각이 들었다. 혼자 사는 사람은 목돈이 있어야 한다는 건가? 그동안 돈 안 모으고 뭐했냐는 질책을 하는 건가? 내가 혼자 사는 게 못마땅한 건가?

그러다가 결국 내가 보낸 답문은 "미안해"였다.
그런데 생각해보니 왠지 좀 억울한 거다. 아니, 내가 돈을 빌려달라고 한 것도 아니고, 다만 빌려줄 돈이 없었던 게, 그게 미안할 일인가?

그리고 6개월쯤 지났을 때 그녀는 또 나에게 문자를 보내왔다.

잘 지내지? 이런 일로 자꾸 연락해서 미안한데, 돈 좀 있니?

그런데 나도 참 웃긴 것은, 진짜 돈이 없는데도 얘한테 솔직하게 없다고 하면 또 지난번처럼 뭐라고 하지 않을까 걱정이 되는 거다.

아이씨, 뭐라고 답문하지?
있었는데 다 썼다고 할까?

요즘 대출금 갚느라고 많이 허덕인다고 할까?
나는 언제 어느 때 백수가 될지 모르기 때문에 누굴 도와줄 형편이 안 된다고 할까?

그랬다.
나는 영문도 모른 채 괜히 내가 돈이 없는 이유를 만들고 있었던 것이다.

생전 연락 한번 없다가 불쑥 문자로 돈을 꿔달라는 친구. 돈이 없다고 하면 "혼자 살면서 그 정도도 마련 못 하고 뭐했냐"고 타박하는 그녀에게 내가 왜 변명거리를 찾고 있는 걸까, 내 자신이 한심해졌다. 그래서 솔직한 심정을 답문으로 보냈다.

나는 돈이 없을 뿐만 아니라, 연락 한번 없다가 이런 식으로 나한테 문자하는 거 좀 그렇다.

그리고 "네가 정 사정이 급하면 백만 원 그냥 보낼게. 갚을 필요는 없어"라고 썼다가, 지웠다. 멋있어 보일 것 같긴 했지만 그것이 나의 진심은 아니었기 때문에.

45%

내 답문을 보고 자존심 상하고 기분도 나빴을 테지만, 그래도 할 수 없다. 오랜만에 나의 안부 대신 통장 잔액을 궁금해하는 그녀를 친구로 두고 싶은 마음이 없어졌으므로.

나보다 내 돈의 안부를 궁금해했던
친구를 삭제하시겠습니까?

취소	삭제

← 구 남친은 친구가 될 수 있는가

내가 이런 구 남친 3종 세트 문자를 받게 될 줄이야!
서로의 감정이 식어 깔끔하게 헤어진 것도 아니고, 지가 먼저 헤어지자고 명치끝을 찔러놓고 이제 와서 이런 문자를 보내는 이유는 뭘까. 그리고 제발 "보고 싶다"까지는 보내지 말지, 라고 생각할 즈음,
보고 싶다……
라는 문자를 받고 말았다.

47%

자니? / 잘 지내지? / 그냥 갑자기 생각나서 / 보고 싶다

이 네 가지 문자를 나는 '미친놈 4종 세트'라고 부르는데, 나에 대한 예의가 있다면 "보고 싶다"까지는 보내지 말았어야 하는 게 아닐까, 라고 생각하는 것이다.

물론 나도 한때는 헤어진 남녀가 친구로 남을 수도 있다고 생각했다. 심지어 아주 잘 지낼 수도 있을 거라 믿었다. '한때 사랑했어도 감정이 식으면 그냥 친구로 남을 수도 있지 뭐. 요즘 세상, 쿨한 게 좋은 거 아니겠어?'라고 생각했지만, 지금은 '아무리 친구가 없어도 굳이 그럴 필요까지야……'라는 생각을 한다. 그 이유는 상대에 대한 감정이 남아 있어서도 아니고, 내 친구가 될 수 없을 만큼 못된 놈이었기 때문도 아니다. 다만 생각했다. 현 남자친구에 대한 예의란 무엇인가에 대해.

쿨하기가 둘째가라면 서러운 친구가 있었다.

5년 사귄 남자친구에게 새로운 여자가 생겼다고 했을 때, 친구는 "그래? 오케이" 하고 그를 놓아주었다. 그리고 그 남자친구가 "그래도 우리가 5년이나 사귀었는데 이대로 끝내는 건 좀 아닌 거 같다"라는 좀 아닌 거 같은 소리를 지껄였을 때도 "그래? 오케이" 하고 친구로 남겨두었다.

그런데 구 남친을 친구로 남겨둔 그녀 때문에 정작 괴로운 것은 그녀의 현 남친이었다. 그녀의 지금 남자친구는 자신과의 대화 도중 구 남친에게 답문을 보내고 있는 그녀를 이해하지 못했다.
그것은 단순한 질투가 아니었다. 그녀를 믿지 못해서도 아니었다.
다만 그는 한마디를 남기며 자리에서 일어섰다.

넌 나에 대한 예의가 전혀 없구나.

그때 그녀는 깨달았단다. 구 남친을 친구로 남겨둘 것인가 아닌가는, 내가 아니라 현 남친이 결정해야 한다는 것을. 현 남친이 이해하지 못할 관계라면 아무리 쿨한 사이라고 해도 거기서 접어야 하는 게 아닐까, 그녀는 생각했던 것이다.

물론 "내 인생은 나의 것인데 왜?"라고 의문을 제기하는 사람도 있을 수 있겠다.
하지만 생각해보자. 내가 사랑하는 사람이 극도로 싫어하는 존재를 굳이 만들 필요가 있을까? 구 남친이 서로 죽고 못 사는 절친으로 남을 리도 만무하고(그럴 사이라면 헤어지지도 않았겠지), 지금 사랑하는 사람이 신경 쓰고 괴로워한다면 그 마음도 헤아려줘야 한단 말이지.

49%

그래도 꼭, 무슨 일이 있어도, 구 남친을 친구로 남기고 싶다는 분들께는 여쭤보고 싶다. "굳이…… 왜……."

구 남친과의 지긋지긋한 관계를
삭제하시겠습니까?

취소	삭제

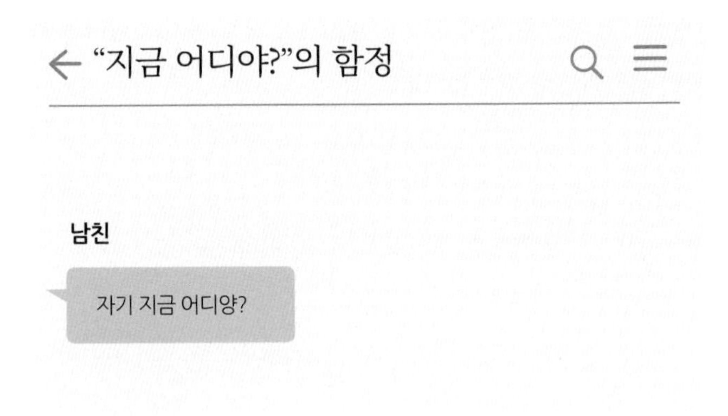

지금 어디야? 뭐 해?

떨어져 있을 때 늘 어디냐고 문자로 물어오는 자상한 남자친구였단다. 그전에 사귀었던 남자가 하도 문자를 안 하는 무뚝뚝한 성격이어서, 친구는 자주 문자를 보내는 남자에게 빠져들지 않을 수 없었던 것이다.

주말인데 못 만나는 날들이 많아져도 "자기 지금 어디야? 뭐 해?"라는 문자 하나에 마음이 스르르 풀리고, 자기가 어디서 무얼 하는지 정확한 위치를 답문으로 보내줬더란다.

51%

그런데 조금씩 이상한 느낌이 들기 시작한 것은, 다른 이야기를 하느라 어디인지 답을 보내지 않으면 "그래서 지금 어디냐고?"라며 친구가 어디에 있는지를 정확히 알고 싶어 했다는 것인데, 처음엔 '서프라이즈로 꽃다발 들고 찾아오는 거 아냐?' 하는 야무진 꿈도 꾸어봤으나 그런 일은 벌어지지 않았단다.

그리고 나중에야 알았단다. 남자친구가 양다리를 걸치고 있었더란 사실을. 그렇게 집요하게 자신의 위치를 물은 것은 바람피우는 자신과 동선이 겹치지 않게 하기 위함이었다. 그런 것도 모르고 '자상하다, 내가 어디 있는지 그렇게 궁금하구나, 나를 많이 사랑하나 봐'라고 착각했던 나의 친구.

그리하여 깨달은 것은, 문자 따위는 정말 믿을 게 못 된다는 사실이었다. 비록 문자를 자주 보내진 않았으나 적어도 바람을 피우진 않았던 예전의 남자친구가, 양다리를 걸치며 문자로 자신의 위치를 파악하던 이 남자보다는 훨씬 나은 인간이었으므로.

그래서 친구는 이제 남자의 문자 빈도수로 사랑의 정도를 추측하지 않는다.

문자의 양보다 그 내용의 질이 중요하다는 친구의 이 이론은, 일명 '문자 본질의 법칙'.

문자로 내 위치를 염탐하는
남자를 삭제하시겠습니까?

취소	삭제

53%

← 못 읽은 척

1 밥 먹었어요?

카톡에서 메시지 옆의 숫자 1이 지워지지 않는 것은 아직 카톡을 읽지 않았다는 뜻이라는 걸 알고부터, 답이 빨리 오지 않으면 숫자가 없어졌나 안 없어졌나 보낸 카톡함을 확인하는 습관이 생겼다. 그리고 그런 습관은 특히 썸남이나 남자친구에게 톡을 보낼 때 더 자주 나타나곤 했는데, 그럴 땐 뭐랄까, 자주 확인할수록 자존심이 상한다고나 할까. 스스로가 남자에게 집착하고 있는 여자처럼 느껴져서 영 기분이 좋지 않더란 말이지.

그럼에도 불구하고 1이라는 숫자가 계속 떠 있을 때는 '카톡 읽을 시간도 없이 많이 바쁜가 보네' 하고는 그를 이해하려 애쓰는 내 자신을 발견하게 된다.

그러던 어느 날, 하루 종일 숫자 1이 지워지지 않는 그와의 카톡함을 확인하는 내 모습에 친구가 말했다.

너는 그 사람이 지금껏 카톡을 못 읽은 거라고 생각하니?
그럼? 숫자 1이 아직 있잖아.
못 읽은 척하는 거야, 맹추야.
응?

사무실에서 일하는 사람은 대체로 PC에 카톡을 깔아놓기 때문에, 카톡이 오면 바로 화면에 내용이 뜨고 그는 이미 내용 파악이 끝났을 거란다. 다만 그럼에도 불구하고 1을 지우지 않고 답이 없는 건 카톡을 보.내.고 싶.지 않.기 때문이라는 것.
그러면서 이런 말도 덧붙인다.

비겁하긴 해도 아주 나쁜 놈은 아니야. '읽씹'하는 남자보다 못 읽은 척하는 게 낫지.

왜 나는 한 번도 그런 의심을 하지 않았을까.
아마도 답톡을 못 하는 것이지 안 하는 것은 아니라고 믿고 싶었기 때문일 것이다.

55%

그 후 나는 여섯 시간 이상 카톡의 숫자 1이 지워지지 않는 썸남의 전화번호는 지우기로 했다. 그 숫자 1은 못 읽은 것이 아니라, 못 읽은 척하는 디지털스러운 연기일 테니…….

숫자 1이 지워지지 않는 썸남의
전화번호를 삭제하시겠습니까?

취소	삭제

← 어장에서 빠져나오기

그 남자 ○○○

> 넌센스 퀴즈~
> 어부들이 가장 싫어하는 가수는?

하마터면 "배철수"라고 답을 보낼 뻔했다.

꽤 늦은 밤, 어둠 속에서 울렸던 카톡 하나.
뜬금없이 넌센스 퀴즈를 내고 있던 이 사람은
소개팅을 하고 두 달 정도 '연락'만 하던 남자였다.

소개팅 후 세 번인가 만났던 것 같다.
그러고 나서 계속 카톡은 하는데 만나자는 말은 없었다.
그러다 며칠은 또 연락이 없고,
연락이 없다가 또 갑자기 "비가 오네요" 등의 문자를 보내고,
그렇게 몇 번 얘기를 주고받다가

57%

"한번 봐야죠"라는 말은 하는데 구체적인 약속은 잡지 않는,
한마디로 애매모호한 남자였다.

그런데 아마도 나는 그가 꽤나 마음에 들었던 것 같다.
이렇게라도 끈이 이어져 있는 것이 좋았으니까.
그래서 문자가 오면
보는 즉시 냉큼 냉큼 답장을 보냈던 기억이 난다.
그러다 열흘쯤 소식이 없었을 때
아, 이렇게 인연이 끊기는 거구나, 포기했었다.

그러던 어느 날,
그에게서 뜬금없이 넌센스 퀴즈가 도착한 것이다.
솔직히, 답을 보내볼까, 생각하지 않은 것은 아니다.
"배철수"라는 답을 보냈다면,
나는 그와 연결된 가느다란 실 하나를 잡을 수 있었을 것이다.
그러나 그렇게 이어진 인연이 무슨 의미가 있을까.
이런 식으로라면, 설령 운이 좋아 그와 연애를 시작한다 하더라도
나는 하루 종일 넌센스 퀴즈에 답이나 달고 있어야 할지 모른다.

생각이 여기까지 미치자

나는 과감히 그의 문자를 삭제할 수 있었다.
그리고 나의 예감대로, 내가 답문을 하지 않자
그는 다시는 연락해오지 않았다.

내가 답문을 보내지 않으면 그 즉시 끊기는 사이.
그것은 백발백중 상대의 어장 관리다.
그러니 그 물속에서 당신도 이제 그만 나오시기를.
조금 더 망설이면 그 물은
인생의 진흙탕이 될지도 모르니 부디 서두르시길.

어장 관리하는 남자를
과감히 삭제하시겠습니까?

취소	삭제

59%

← 양보 마일리지

친구 ○○○

왜 이렇게 안 와? 나보다 먼저 출발했잖아.

가고 있어. 내가 원래 운전이 좀 느려. ㅋㅋ

나는 (좋게 말해서) 운전을 조신하게 하는 편이다.

그래서 어르신들이 타면 운전 잘한다는 칭찬을 받고,

후배들이 타면 답답해 미쳐 죽는다.

어머, 이 언니, 혼자 유랑 오셨나. 운전이 왜 이래~

이런 식.

그도 그럴 것이, 일단 웬만한 차들은 다 껴주는데

그것은 운전 실력이 없어서가 아니고(라고 나는 생각한다),

태어나기를 심성이 곱게 타고나서는 더더욱 아니고,

'양보 마일리지'를 쌓고 있기 때문이다.

많이 바쁘면 무리하게 껴들 수 있지 뭐.
초보 운전이니까 내가 좀 봐줘야지 뭐.
길을 몰라서 저러는 거 같으니까 껴주지 뭐.

이렇게 양보 운전으로 쌓은 마일리지가
언젠가 닥칠 큰 사고를 면해주는 데 도움이 될 것이라 믿는데,
지금 이 글을 쓰고 있는 오늘,
그 마일리지의 효과를 보았다.

우회전을 하려다 왼쪽 방향에서 직진해서 오는 차를
미처 발견하지 못하고 진입했는데,
SUV 차량 한 대가 아주 다급하게 경적을 울리며
내 뒤에 오는 것이 아닌가!
그러더니 가까스로 내 옆을 스쳐 가더니 앞에 끽~ 하고 섰다.

당신 똑바로 운전 안 해?
큰 사고 날 뻔했잖아! 뭐 하는 짓이야?!
라고 운전자가 내려서 말한 것은 아니었지만,
SUV 차량이 비상등을 켠 채 정차한 것을 보며
그가(혹은 그녀가) 몹시 화가 나 있다는 것을 알 수 있었다.

61%

'혹시라도 운전자가 내려서 해코지하면 어떡하지?'
하는 생각에 나는 달리지도 못하고 그렇다고 서지도 못하고
어정쩡하게 쫄쫄쫄 바퀴를 굴리고 있었는데,
다행히 SUV는 혼자 분을 삭였는지 이내 사라졌다.

그때 나는,
이 일촉즉발의 상황에서 사고가 나지 않은 것이야말로
그동안 쌓은 양보 마일리지 덕분이 아닌가 생각했던 것이다.

평소 도끼눈을 뜨고
'내 앞에 껴들기만 해라! 다 죽었어!'의 마음으로 운전을 했다면,
나는 지금 SUV 운전자에게 멱살을 잡혔을지도 모른다.
혹은 크게 사고가 나서 119에 실려 가고 있는 중일지도 모르지.

이것이 내가 웬만하면 차들을 다 껴주는 이유인데,
평소에 쌓은 양보 마일리지가
액운을 막아주는 부적이 되어준 건 아닐까 생각하는 것이다.

그러니 내 뒤의 운전자들께서도
이 마음을 조금 이해해주셨으면 좋겠고,

더불어 내 앞에 껴드는 차의 운전자들께서는
'역시 나는 운전을 잘해'라며 착각하지 말았으면 좋겠다.

당신이 잘한 게 아니고 내가 양보해준 것이고요,
그러니 양쪽 깜빡이 정도는 켜줘야 하는 것이 예의고요,
더불어 언젠가 당신도 다급한 누군가를 배려하며
양보 마일리지를 쌓으시기를.

사고 방지 부적과도 같은
양보 마일리지를
저장하시겠습니까?

취소 저장

63%

저는 '젠장' 마일리지도 있어요.
상대의 실수에 화가 나도
"에이씨, 젠장! 됐다!" 하고 이해해주면,
그게 쌓여서 언젠가 내가 똑같은 실수를 할 때
용서받을 수 있을 거란
희망의 적립 마일리지인데요,

쉽진 않겠지만 한번 쌓아볼게요.
나의 용서가 돌고 돌아
누군가 나를 용서하게 될 그 언젠가를 위해.

Part 2
유머를 잃지 않게 해주세요

해수욕장 내 ~~~
성행위가 금지되어 적발시
ㅇㅇㅇ 해수욕장

위로, 그 쉬운 말 한마디

오늘 나는 잘 버텼다.

사람을 위로하기란 얼마나 쉬운가.
거창한 명언이나 유창한 말솜씨가 아니더라도
따뜻한 말 한마디로 충분하니 말이다.

그날은 아침부터 미친년처럼 움직이던 날이었다.
전날 밤늦게까지 원고를 쓰고,
방송국에 가기 전 강남 모처에서 사람을 만나고
급하게 다시 상암동까지 달려오는데,
차의 주유등에 불이 들어오고 MBC 근처에 주유소는 없고,
조마조마한 마음으로 저 멀리까지 갔다가
결국 점심시간을 놓치고 방송에 임했던 그날.

67%

방송은 마음처럼 풀리지 않아
모든 비난을 감수해야 했고,
내가 이러려고 밤을 샜나 자괴감이 들 때
어느덧 퇴근시간이 되어 부리나케 집으로 돌아와
대충 짐을 꾸려 부산행 KTX에 몸을 실은 그날.

대전역이었던가.
안내 방송이 들려왔다.
내릴 분들은 준비하시라는 말에
지친 표정으로 사람들이 짐을 내릴 때 이어진 한마디.

승객 여러분, 오늘도 고생 많으셨습니다.
소중한 사람과 따뜻한 저녁 보내시기 바랍니다.

순간, 아침부터 온종일 조마조마한 마음으로
이리 뛰고 저리 뛰던 나의 모습이 떠오르면서
나는 그만 울컥 눈물을 흘리고 말았던 것이다.

위로의 말이란 얼마나 단순하고 명료한 것인가.
우리가 언제 거창한 말을 바랐던가.

우리가 언제 잘했다는 칭찬을 원했던가.

그저 딱 한 번의 헤아림.
너의 고생을, 속상함을,
잘 해내고 싶은 부담감을, 간절함을
내가 알고 있다는 그 말 한마디면 되는 것을…….
그저 그날 내 고생을 알아주는 한 사람만 있으면 되는 것을…….

그러다가 또 생각해본다.
그래, 그렇게 쉬운 위로,
남에게 바라지 말고 내가 나에게 하면 되지.
내 고생은 누구보다 내가 더 잘 알고 있으니까.

비록 결과가 세상의 기대에 미치지 못했다 하더라도,
그래서 남들은 의미 없는 하루였다 말할지라도,
내가 나에게 보내는 위로의 메시지.
오늘 나는 잘 버텼다. 토닥토닥.

나를 위한 위로의 한마디를
저장시겠습니까?

취소	저장

69%

← 역방향

친구 OOO

역방향인데 괜찮아?

KTX를 예매하던 친구가 물었다.
남은 좌석이 역방향으로 앉아서 가는 것밖에 없는데
괜찮겠냐는 것이다.
나야 원래 차 멀미도 안 하고 앉으면 자는 사람이라,
역방향이건 순방향이건 큰 차이가 없기에 괜찮다고 했다.

그런데 KTX에서 역방향으로 앉아 가다가
뜻밖의 사실을 발견했는데,
순방향이 새로운 풍경들을 맞이하는 거라면
역방향은 모든 풍경을 떠나보내는 셈이 된다는 것이다.
멀어져가는 풍경들을 보며 나도 모르게
지난 세월들을 돌아보게 되었다.

저 산처럼 고비의 순간도 있었고
저 평야처럼 평화로움 그 자체인 시기도 있었다.
저 나무들처럼 곁에 사람이 많을 때도 있었고
저 전봇대처럼 혼자 바람을 견뎌야 할 때도 있었지.

그러나 그 모든 날들을
이렇게 뒷걸음치듯 돌아보니
좋으면 좋았던 대로, 아프면 아팠던 대로 풍경이 되는구나.
나는 앞으로도 다양한 시기들을 떠나보내겠지.
그리고 인생의 종착역에 도착했을 때,
좋았든 힘들었든 그저 그랬든
"풍경이 참 멋있었어"라고 읊조릴 것이다.

그러니 산을 만났다고 마냥 울지도
평야를 만났다고 마냥 신나하지 않아도 될 것 같다.
종착역에 도착해보면 모두가 하나의 내 인생 풍경이었을 테니.

역방향으로 돌아본 내 인생
풍경을 저장하시겠습니까?

취소 저장

71%

← 어디에나 쓰는 소망

친구 ○○○

야, 너 새해 소망 있으면 얘기해봐.
여기에 하나 써줄게.

부산에 간 친구가 사진과 함께 문자를 보내왔다.
사진에는 '새해 소망이 이루어지길'이라고 적힌 안내 철망 앞에 주렁주렁 사람들의 새해 소망들이 걸려 있었다. 분홍, 노랑, 하양, 파랑, 연두…… 오색 하트 메모지에 빼곡히 적힌 누군가의 소망은, 마치 크리스마스 트리처럼 광안리 해변을 장식하고 있었다.

새해 소망이라…… 뭐라고 할까.
이게 뭐라고 긴 고민 끝에 나는 "어떤 순간에도 유머를 잃지 않게 해주세요"라는 답문을 보냈는데, 잠시 후 친구가 "너의 소망 잘 적어서 매달았다"며 보내온 사진 한 장.
아 근데, 나의 그 소망을 이년이 영수증 뒷면에 적어서 매달아놓은

73%

게 아닌가.

야! 너 왜 영수증에다 적었어?
준비된 메모지가 바닥났대. 그래도 영수증은 양반이야. 여기 커피 쿠폰에다가 적은 사람도 있고, 길에서 나눠준 전단지 찢어서 쓴 사람도 있어.

그리고 친구는 말했다.

어디에 쓰면 어떠냐? 소망인데 어디든 쓸 수 있는 거지.

순간 나는 친구의 문자를 오랫동안 바라보았다.
"소망인데 어디든 쓸 수 있는 거지."

그렇지. 소망은 예쁜 메모지에 쓸 수도 있지만 영수증 한구석에 쓸 수도 있다. 때로는 이면지에 끄적일 수도 있고, 식당 테이블에서 한 장씩 뽑혀 나오는 냅킨에도 적을 수 있다. 지루한 수학 시간, 교과서 한 귀퉁이에도, 한 입으로 두말하는 상사 때문에 쓰레기통에 처박힐 서류 뒷면에도 소망은 적을 수 있다.

그렇다. 그 어떤 열악하고 남루한 상황에서도 우리는 소망을 꿈꿀

수 있다. 현실에선 개미 발톱만큼도 가능성이 보이지 않을지라도, 삶이 기대할수록 가슴 아파지는 환상의 섬 같은 것이라 할지라도, 소망을 꿈꾸다 절망에 빠질지라도 말이다.

그리고 그렇게 적어간 나의 소망은 내가 어둠 속에서 몸부림칠 때 분명 작은 빛이 되어주겠지. 빛이 있는 곳까지는 갈 수 없더라도, 그 빛으로 출구를 찾게 되겠지.

그러므로 나는 소망한다.
내가 어느 순간에든 소망을 잃지 않고 소망하기를.
비록 그 소망이 소망으로 끝나 소멸할지라도
나는 눈을 감는 날까지 작은 소망 하나 가슴에 품고 살고 싶다.

소망이 소중한 망상으로
끝날지라도 저장하시겠습니까?

취소 저장

75%

← '하는 수 없지' 철학

아빠

하는 수 없지, 뭘 어떡해.

우리 아빠는 젊어서도 한쪽 귀가 잘 들리지 않으셨다.
나중에 안 사실인데, 어릴 때 열병을 심하게 앓아서 한쪽 고막이 녹아 없어졌다고 했다.
그래도 젊을 때는 한쪽 귀로 그럭저럭 소리를 들을 수 있었는데, 세월이 흘러 어느 정도 연세를 드시다보니, 이제는 나머지 한쪽까지 청력을 잃어가고 보청기를 끼셔야 하는 상태가 되었다. 그런데 그 보청기라는 것도 고막이 있어야 효과가 있는 것이지, 고막이 없다보니 자꾸 습기가 차서 중이염이 생기더란 말이지.

결국 아빠는 일흔이 넘은 연세에 고막 재건 수술을 받기로 하셨다.
병원에서는 대수롭지 않은 것처럼 말했지만, 전신마취를 해야 하

77%

는 위험이 따르는 수술이었다. 그럼에도 수술을 받기로 결심한 것은, 고막이 생기면 조금 더 잘 들리지 않을까 하는 기대, 그렇게 되면 좋아하는 음악도 마음껏 들을 수 있겠지 하는 바람이 있으셨기 때문이다.

그런데 결과는 청력 회복 실패.
고막을 재건하는 데는 성공했지만, 청력은 나아지지 않았다. 워낙에 연세가 높아서 어쩔 수 없다는 병원 측의 설명에 누구를 탓할 수도 없었다. 내가 이렇게 실망스러운데 아빠 마음은 오죽할까. 그 고생을 하고 1년, 꾸준한 청력검사에도 변화가 없었을 때 나는 아빠에게 문자를 보냈다.

아빠, 어떡해?

그러자 돌아온 아주 태평스런 아빠의 답문.

하는 수 없지, 뭘 어떡해.

아빠는 그렇게 쿨하게, 좋아지지 않은 청력을 받아들이셨다.
그래도 할 만큼 해봤으니 그걸로 됐다는 아빠.

지금도, 듣기 싫은 얘기 안 들려서 그거 하나는 좋다며 허허 웃으시는 아빠.

생각해보면, 아빠는 어떤 실망의 순간에도 "하는 수 없지"라는 말을 자주 하셨다. 집 리모델링을 하다가 사기를 당해 집이 무너지고 돈을 몇 천씩 뜯겼을 때도, 한 며칠 끙끙 앓으시다가 퉤퉤퉤 침 몇 번 뱉은 표정으로 아빠는 말씀하셨지.

하는 수 없지. 이제 앞으로 어떻게 할지를 생각해야지.

엄마의 건강검진 결과, 식도암 소견이 보인다고 큰 병원에 가보시라고 했을 때도 아빠는 말씀하셨다.

하는 수 없지. 정확한 진단이 나오면 그때부터 계획을 세우면 되는 거다.

그런데 어릴 땐 그 말이 대책 없는 태평함처럼 느껴졌지만, 이제는 알겠다. 그렇게 현실을 인정하지 않으면 앞으로 한 발자국도 나아갈 수 없다는 것을.

그리하여 나도 이제 '하는 수 없지' 철학을 가슴에 담아둘까 한다.

79%

할 만큼 했는데 안 됐을 때, 앞으로 더 나아가기 위한 한마디.
“하는 수 없지.”

괜한 희망을 품는 것보다,
아닐 거라고 결과를 부정하는 것보다,
그렇게 일단 현실을 받아들이고 나면
그때부터는 더 현명한 눈으로 다른 길을 찾을 수 있게 될 테니.

힘들 때 앞으로 나아가게 해주는
‘하는 수 없지’ 철학을
저장하시겠습니까?

취소 | 저장

← 휴게소에서 라면 먹기

나 휴게소에서 라면 먹을 거다!

tvN 드라마 〈남자친구〉의 송혜교와 박보검이 고속도로 휴게소에서 라면 먹는 장면을 보고 결심했다. 나도 휴게소에서 라면을 먹어야겠다고.
부모님이 춘천으로 터전을 옮기고 수없이 양양고속도로(구 춘천고속도로)를 왔다 갔다 했지만 휴게소에서 라면을 먹어본 적은 없었다. 그런데 〈남자친구〉를 보고 나니 휴게소의 라면은 사랑이었고, 낭만이었고, 설렘이었다.

그래서 휴게소에서 라면 먹을 거라는 이야기와 드라마 내용을 문자로 보냈을 때, 친구는 대뜸 물어왔다.

81%

먹고 난 라면 그릇은 누가 치웠디?
응? 그건 드라마에 안 나왔는데.

그렇게 시작된 휴게소에서 라면 먹다가 헤어진 친구의 이별 이야기. 여행 가는 길, 가평휴게소에서 라면과 충무김밥을 맛있게 잘 먹고 남자가 가만 앉아 있더란다. 그러더니 빈 그릇을 잘 포개 쟁반 위에 올려놓고는, 네가 갖다 놓으라는 듯 친구 앞으로 밀더란다.

응? 단무지도 내가 떠왔잖아. 물도 내가 가져오고.

그러자 남자의 한마디.

그건 당연한 거고. 우리 엄마는 나 이런 거 안 들게 하고 키웠어.
아 그러셔?

친구는 그 말을 듣자마자 쟁반을 퇴식구에 올려놓은 뒤 조용히 말했단다.

서울로 차 돌려.

그때까지도 친구가 왜 화가 났는지 몰랐던 남자는, 그까짓 빈 그릇 갖다 두는 게 그렇게 화를 낼 일이냐며 따지고 물었다는데…….

하지만 친구는 그 짧은 순간 생각했단다. 이 자식이랑 결혼하면, 내가 허리 휘게 음식 만들고 있을 때 "남자는 평생 부엌에 들어가는 거 아니래"라며 소파에서 리모컨 누르고 있겠구나. 가사에는 손 하나 까딱하지 않겠구나. 나를 하녀 부리듯 하겠구나. 그런 너를 받아줄 여자가 어딘가 있겠지만, 그 여자가 나는 아니다.
그리하여 그날로 남자와 헤어졌다는 이별 이야기.

친구는 덧붙였다.

남자가 집에서 어떤 교육 받고 자랐는지 알고 싶으면 휴게소에서 꼭 라면 먹어봐야 돼. 빈 그릇 치우는 거 보면 대충 각이 나오거든.

그렇구나.
휴게소에서의 라면은,
사랑도 낭만도 설렘도 아닌, '테스트'구나.

83%

상대의 배려심을 가늠해보는
'휴게소 라면 먹기 테스트'를
저장하시겠습니까?

취소 | 저장

← 게으름 인정하기

가고 있는데 10분만 늦을게요. 죄송합니다.

10분만 집에서 일찍 나서면 될 일이었다.
그런데 그걸 못 해서 꼭 약속 시간에 임박해 “10분 늦겠다”는 문자를 보낸다.
나와 처음 만나는 상대라면 “아, 네, 괜찮습니다” 하지만, 여러 번 만난 사람은 내가 상습범이라는 걸 눈치 채고는 만나면 표정이 좋지 않다.

오는데 차가 너무 막혀서요.

이런 변명을 뱉어놓고도, 대한민국에서 차 막히는 게 어제 오늘 일인가, 내 스스로 한심해지는 것이다.

이런 일이 40년 넘게 계속 되다 보니 '왜 나는 자꾸 약속 시간에 늦게 되는가'를 분석했는데, 내가 이동 시간을 너무 타이트하게 계산한다는 걸 깨달았다.

예를 들면, 신호 한 번 안 막히고 슝~ 갔을 때 50분 걸릴 거리를, 보통 사람은 한 시간 잡고 집을 나서지만 나는 50분 전에 나선다.
그러나 삶이 어디 그렇게 슝~ 가게 놔두나. 때론 배달 오토바이가 내 차를 가로막기도 하고, 엘리베이터가 늦게 오기도 하고, 현관에서 택배기사님을 만나 물건을 받기도 하고, 그날따라 유난히 모든 신호에 걸리기도 하고, 그런 변수가 작용하기 마련인데, 나는 그 '변수'를 계산하지 않는 것이다.

이런 사실을 알면서도 늘 촉박하게 준비하고 움직이는 내가 너무도 싫어서 친한 언니에게 "나는 왜 이럴까" 털어놓은 적이 있는데, 언니가 그런다.

그게 너인데 어쩌라고.
아무리 내일은 일찍 나가야지 결심해도, 늦게 일어나고 또 늦어.
그게 너라고.
난 왜 이렇게 게으른 걸까?

그게 너라니까.

위로는커녕 "게으른 게 너"라고만 답하는 언니에게 화가 나려는 순간, 언니가 덧붙였다.

그게 너인 걸 어떡해. 나는 게으른 사람이다, 인정하고 받아들여.

생각해보면, 그동안 나는 부지런하지 않은 것에 스트레스를 받아왔다. 태생이 게으른데 그것에 스트레스를 받기 시작하니, 조금만 늦어도 심장이 조여오고 부지런한 사람을 막연히 동경하고 그러다가 내 자신이 싫어지는 것이다.
그런 내게 언니가 말했다.

세상 모든 사람이 부지런할 필요는 없지 않니? 외향적인 사람이 있으면 내성적인 사람도 있듯이, 부지런한 사람이 있으면 게으른 사람도 있는 거지. 그게 뭐 어때서.

언니의 논리대로라면 나도 내 게으름에 대해 좀 뻔뻔해져도 되지 않을까. 쉬는 날 하루 종일 빈둥거려도 시간 헛되이 썼다고 자책하지 않고, 오늘 할 일 열 가지 적어놓고 하나밖에 못 했다고 내 자신

87%

을 한심해하지 않고, 약속 시간에 늦을까 봐 주차하고 뜀박질하는 나를 '내가 너 이럴 줄 알았다'며 손가락질하지 않고, 나는 원래 그런 사람이라고 인정해주면 어떨까. 남에게 큰 피해만 주지 않는다면 그냥 이렇게 게으른 채로 살아도 괜찮은 거 아닐까.

+ 네, 약속 시간에 늦는 건 남의 시간 뺏는 거니까 고쳐보도록 노력할게요. 그렇지만 쉬는 날 널브러져 있는 건 계속할 겁니다.

타고난 게으름을 인정하고
저장하시겠습니까?

취소	저장

← 블루존에 가서 살까?

친구 ○○○

SBS 틀어봐.
우리 블루존에 가서 살까?

늘 그랬듯 홈쇼핑 방송을 BGM처럼 틀어놓고 있던 늦은 밤, 친구에게서 문자가 왔다. SBS에서 다큐멘터리를 하는데 한번 보라는 것이다.
제목은 〈SBS 스페셜 - 블루존의 비밀〉.

블루존(Blue Zones)이란 이탈리아 의학통계학자인 잔니 페스 박사에 의해 만들어진 말로, 세계에서 장수 지수가 높은 지역을 지도에 파란색 잉크로 동그라미 쳐놓은 것에서 유래한다.

다큐에서는 블루존에 살고 있는 주민들을 찾아가 그 마을의 장수 비결들을 알아봤는데, 아홉 가지 비결을 밝혀냈단다. 이름하여 '블

⊲ ✱ 89%

루존 파워 나인'!

그럼 어디, 나의 생활과 '블루존 파워 나인'을 비교해보자.

1. 자연스러운 일상 속 움직임 — 집에 있는 날은 거의 누워 지낸다
2. 삶의 목적의식 가지기 — 네에? 삶의 목적이요? 그…… 글쎄요
3. 식물성 식단 — 고기와 곱창을 좋아하는데요
4. 80%만 먹기 — 숨을 못 쉴 때까지 먹는데
5. 하루 한두 잔의 와인 — 맥주는 안 될까요? 매일 한 캔 마심
6. 마음 내려놓기 — 일생이 노심초사
7. 가족 우선시하기 — 우선시까지는 아닌데
8. 신앙 가지기 — 무교입니다
9. 사회관계 유지하기 — 내 자신과 타협하고 유지하기도 힘든데

고로 결론은, 나는 장수는 어려울 것 같다.

블루존에 사는 사람들은, 그날 먹을 것을 그날 자연에서 얻어오고 과하게 저장하거나 욕심을 내는 법이 없다. 어차피 모든 재료는 그때그때 마련하는 것이 가장 신선하니까. 그리고 자연에서 재료를 얻기 위해 끊임없이 몸을 움직이고, 먹거리가 해결되니 스트레스를 받아가며 일을 할 필요가 없는 것이다.

문득 이런 생각이 든다.
나는 무엇을 위해 이렇게 스트레스를 받으며 일하고 있는가.
키워야 하는 자식이 있는 것도 아니고, 명품백이나 보석으로 치장하는 데 관심이 있는 것도 아니고, 그저 하루 세끼 먹고 살 수만 있으면 되는데 왜 선뜻 블루존에 가서 살 마음이 들지 않는 걸까.

그건 아마도 지금껏 살면서 움켜쥔 몇 안 되는 결과물들을 내려놓을 용기가 없기 때문일 것이다. 나 정도면 엄청 욕심 없이 사는 거야, 라고 내가 나에게 우겨도, 가만 들여다보면 지금의 일을 스스로 놓을 자신도, 들어온 일을 쿨하게 거절할 용기도 없는 사람. 슬프지만 그게 나인 것 같다.

우리 블루존에 가서 살까?

친구의 물음에 흔쾌히 대답할 그날이 올까.
내가 '욕심존'에서 벗어날 용기를 가질 그날 말이다.

91%

욕심존에서 벗어나
블루존에 가자는 제안을
저장하시겠습니까?

임시보관함에 넣을게요.

← 붕어빵의 교훈

후배 ○○○

언니는 붕어빵을 어디부터 먹어요?
심리테스트예요.

1. 머리부터 먹는다. 2. 배부터 먹는다.
3. 등지느러미부터 먹는다. 4. 꼬리부터 먹는다.

난 어디부터 먹더라, 하고 생각하다가 문득 '붕어빵 팥 정량의 법칙'이란 말이 떠올랐다.
들어는 보셨는가. 붕어빵 팥 정량의 법칙.
물론 못 들어보셨을 겁니다. 제가 방금 지어냈으니까요.

나는 붕어빵을 머리부터 먹는데, 그러려면 팥이 나오는 부분까지 적어도 두 입은 베어 물어야 한다. 그러니까 처음 한 입은 팥을 맛볼 수가 없다.
반면 내 후배는 배부터 덥석 베어 무는데, 그 이유는 팥을 빨리 먹고 싶기 때문이란다. 붕어빵을 달콤한 팥 때문에 먹는데 그걸 굳이 기다릴 필요가 있냐는 얘기지.
그런데 중요한 것은, 머리부터 먹든 배부터 먹든 팥의 양은 정해져 있다는 사실이다.

나는 인생에 있어서도 누구에게나 똑같은 양의 팥이 있을 거라 믿는다. 왜냐하면 세상은 공평한 거라고 우리 아빠가 그러셨서든요. 다만 배부터 먹는 사람은 팥의 단맛을 먼저 맛볼 것이고, 머리부터 먹는 사람은 좀 늦게 맛보게 되겠지요. (나 갑자기 왜 존댓말?)

한 가지 아쉬운 것은, 인생은 붕어빵처럼 어디부터 먼저 먹을지를 내가 결정할 수 있는 게 아니어서 팥을 언제 만나게 될지 모른다는 것이다.
그래서 때론 '내 인생은 뭐 이렇게 밍밍해', '뭐 이렇게 써' 할지도 모르지만, 그럴 때마다 나는 기억할 것이다. 인생에 단맛이 느껴지지 않을 때 내 팥이 저쪽 어디쯤에 있을 거라고. 그러니 남들이 팥을 먹을 때 부러워하지 말자고 말이다. 어차피 붕어빵에는 팥의 양이 정해져 있으므로.

이것이 붕어빵 팥 정량의 법칙.

인생의 '붕어빵 팥
정량의 법칙'을
저장하시겠습니까?

취소 저장

95%

← 현관문과 정신머리

빌라 관리업체

503호시죠? 현관문이 열려 있다고
이웃이 연락을 주셨습니다.

네에?

송년회 모임에 앉아 있는데 가슴 철렁한 연락을 받았다. 우리 집 현관문이 낮부터 계속 열려 있는 것을 이상하게 생각한 이웃이 빌라 관리업체에 연락을 했단다(우리 빌라는 따로 경비실이 없기 때문에 일주일에 한 번씩 업체에서 대략적인 관리를 해준다). 503호 현관문이 점심 때부터 열려 있었는데 밤이 되도록 그대로라고.
"우리 집 현관문이요? 왜요?"라고 물으니 돌아온 대답.

안 닫고 나오신 거겠죠.
제가요?

그럼 누가……?

그렇지. 나겠지. 나 혼자 사는데 내가 안 닫은 거겠지.

닫아달라고 옆집에 부탁을 드릴까요?

네. ㅜㅜ

문자에 연신 "감사하다"와 "ㅜㅜ"를 찍은 후 나는 절망했다.
나란 인간, 도대체 정신머리를 어디에 두고 다니는 것일까.

그날도 약속에 늦어 미친 사람처럼 젖은 머리를 산발로 하고 부츠 지퍼를 엘리베이터 안에서 올리며 뛰어나갔다.
전철역까지 종종 걸음으로 걸으며(절대 뛰지는 않는다) 어느 역에서 갈아타야 하는지를 검색하고, 열차가 들어오고 있다는 '띠리리리리' 소리에 두 칸씩 계단을 내려가고(이거 얼마나 위험한지 아시죠), 여의도역에서 9호선으로 갈아타려고 한참 기다리며 '왜 중앙보훈병원행 열차가 안 오지?' 생각하다가 '아, 반대편이네' 하고 뒤늦게 깨닫고는 또 미친 듯이 뛰어 결국 약속 시간에 20분이나 늦었다.
이런 일까지는 어제 오늘의 이야기가 아니지만 '와, 이제 나는 현

97%

관문까지 열고 다니는구나' 하고 생각하니 스스로에 대한 비난이 목 끝까지 차올랐던 것이다.

그러다가 혼자 사는 사람 집에 숨어들어 더부살이하는 남자가 있다는 어느 오피스텔 괴담이 떠올랐다. 나란 인간 또 겁은 많아가지고, 아래 아래층에 사는 조카를 대동하고 집 안으로 들어섰지.
그런데 세상에! 집 안에, 옷가지가 널브러져 있고 머리카락이 이리저리 뒹굴고 있는 것이, 내가 아침에 나갔던 상태 그.대.로.

이모, 뭔가 좀 어수선한데? 없어진 거 없나 잘 봐.
미안하다. 이모가 이러고 나갔다.
아, 그…… 렇구나.

조카를 돌려보내고 나는 생각했다. 내일은 반드시 30분 이상 일찍 일어나기로. 절대 미친년처럼 나가지 않기로. 현관문을 닫았나 꼭 확인하기로.
감사하다는 쪽지와 누룽지 봉지를 옆집 현관문 손잡이에 걸어두고 나는 그렇게 다짐했던 것이다.

그런데 과연 저는 다음날 일찍 일어났을까요……?

20분 늦게 일어났답니다. 나란 인간!

정신머리를 저장하고 사시겠습니까?

네. ㅜㅜ

99%

← 쇼핑 욕심

○○○ **대표님**

2018년 이리이리 바자회 합니다.
기업의 제품을 최대 80% 할인 가격에!

수익금 전액이 좋은 일에 쓰인다는 것을 알기에 나는 해마다 바자회에 꼭 간다.

사실 수익금이 좋은 일에 쓰인다는 것은 두 번째 이유이고, 정말 시중보다 80% 저렴한 물건이 많기 때문에 시간이 맞으면 무조건 달려가는 편이다.

역시나 그날도 나를 실망시키지 않고 80%, 아니 90% 이상 싼 가격에 생필품과 화장품 등을 팔고 있었다.

어머머, 이게 7천 원이야?

이게 3천 원이라고? 네 개 사면 하나 더 줘요?

이건 지금 또 할인 들어갔대!

네에? 비타민이 5백 원요?

그리하여 나는, 결국 이성을 잃고 바자회를 싹쓸이하다시피 하여 커다란 비닐봉투로 네 보따리를 사왔던 것이다.

그리고 집에 와서 알았다. 내가 '어린이 치약'도 샀다는 것을.
나는 어린이를 키우지 않는다. 내가 어린이인 것은 더더욱 아닌데…… 나는 어린이 치약을 두 개나 샀다.
왜, 무엇 때문에, 필요도 없는 물건을 샀을까.

확인해보니,

선스틱 8개 — 나는 사막에 사는가?
파우치 10개 — 왜 똑같은 걸 10개나?
섬유탈취제 4개 — 집에 이미 6개나 있는데
쿠션파운데이션 2개 — 집에 10개 있음(진짜로 10개)
아이브로우를 샀는데 색깔이 레드다 — 빨간 눈썹? 후덜덜
접시 5개 — 나는 단 한 번도 요리를 한 적이 없다
비타민 6통 — 전날 유통기한 지나서 버린 비타민이 3통인데
비누 10개 — 보험회사에서 비누 15개 보내줬는데

게다가 잘 쓰지도 않는 선글라스까지……

아마 차를 가져갔었다면 더 많이 샀을 것인데, 들고 올 것을 염려하여 그나마 줄인 것이다. 그러나 나는 화장품과 생필품을 쟁여두는 찬장을 열어보고는 그 자리에서 등골이 서늘해졌다. 찬장에는 작년 바자회에서 산 화장품과 생필품이 그대로 남아 있었다. 다른 사람에게 선물을 할 만큼 했는데도 아직 그대로네?
이런 나를 보고 혹자는 말했다.

싸게 사는 게 중요한 게 아냐. 필요한 걸 사는 게 중요한 거지.

나는 왜 늘 싸게 사고 결국 버리는가. '그래도 내가 명품백을 사는 건 아니잖아?'라고 평소 생각해왔지만, 지금까지 사놓고 버린 것들을 생각해보면 명품백을 사는 게 나을 것 같다.

이런 이유로 이제 나는 나에게 경고한다. 앞으로 6개월간 화장품과 섬유탈취제, 그릇과 비누는 구매 금지다. 더 사면 진짜 나는 사람이 아니다. ㅜㅜ

쟁여놓을 땐 웃음짓고
돌아서면 잊어버리는 쇼핑 욕심을
삭제하시겠습니까?

취소	삭제

103%

← 그래도

친구 ○○○

그래도 뭐 어떡하겠어.
그냥 이렇게 사는 거지.

내 마음속에
자리 잡은 섬 하나,
그래도(島).

개편으로 방송국 분위기가 어수선할 때
그래도 내 자리 하나 안 나겠어?
태평하게 만드는 긍정의 섬, 그래도.

참 야속한 게 많았던 사람이지만
그래도 한바탕 절절하게 사랑했으면 됐지.
미련을 배웅하는 만드는 쿨한 섬, 그래도.

외제차로 바꾼다 어쩐다 남들이 자동차 카탈로그를 뒤적일 때
그래도 나는 8년 된 내 소형차가 좋다며
핸들을 쓰다듬게 만드는 자족의 섬, 그래도.

내 마음에 그래도가 없었다면
난 이미 불안불안 부글부글
속이 까맣게 타들어갔겠지만,

그래도 그래도가 있어 살 만했기에
누구나 하나쯤
가슴에 품었으면 하는 섬,
그래도.

피곤한 세상 속
잠시 나를 평안케 하는
'그래도'를 저장하시겠습니까?

취소	저장

105%

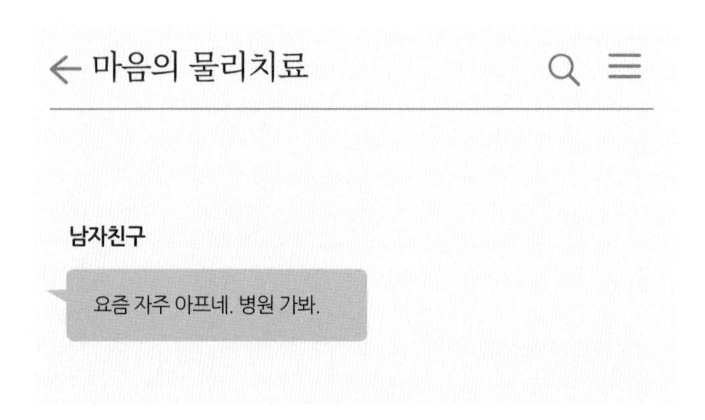

병원에 가야 하는 걸 몰라서 문자를 한 것은 아니었다. 아마도 나는 부쩍 뜸해지는 그의 문자가, 아니 그의 관심이 그리웠을 것이다. 하루에도 수십 통씩 보내던, 아침부터 저녁까지 하루의 일과를 공유하던 그와 나는 언제부턴가 형식적인 문자 몇 통 주고받는 것이 전부였다.
특히나 "그럼 오늘도 좋은 하루"라는 문자를 받을 때면, 이걸로 오늘 대화는 끝이구나, 하고 씁쓸한 기분마저 들었던 것이다.

그래서였을 것이다. 나는 대화를 다시 이어가고 싶었고, 퇴근길 버스 안에서 그에게 문자를 보냈다.

◁ ∦ 107% [battery]

근데 나 요즘 계속 허리가 아파.

허리가 아프다면, 우리 집 앞까지 와서 나를 한의원에 데려다주던 사람이었다. 내가 물리치료를 받는 동안 대기실에 앉아 쌍화탕을 따라 마시며 "이 집이 쌍화탕을 잘해"라며 우스갯소리를 하던 사람. 나를 들여보내면서는 온찜질을 해야 한다며 물주머니까지 사다주던 사람. 그런데 만난 지 2년이 넘어가자 돌아온 답문.

요즘 자주 아프네. 병원 가봐.

그 순간, 나는 우리가 끝났음을 직감했다.
나의 무엇이 그의 마음을 식게 했을까.

나의 자책은 또다시 시작되었고, 허리의 통증보다 이제 나의 아픔을 함께 나눌 사람이 사라졌음에 마음이 많이 쓰라렸다.

나는 어쩌자고 그의 마음을 변하게 했을까. 문자를 먼저 자주 보냈다면 오늘 같은 날이 오지 않았을까. 싫다는 그를 끌어내 전시회에 간 것이 화근이었을까.

이런 저런 생각 많이 했지만, 이제는 알 것 같다.
상대의 마음이 변한 것이 꼭 내 탓은 아니라는 걸.
변한 상대의 마음까지 내가 책임질 필요는 없다는 걸.
그 자책에서 벗어나지 않으면, 마음 통증은 사라지지 않는다는 걸.

이제 마음에도 물리치료를 받아보자.
마음 물리치료의 시작은 내가 나를 탓하지 않는 그 마음에서부터 시작한다.

떠난 사람에 대한 자책을
삭제하시겠습니까?

취소 삭제

109%

언젠가 어깨가 뭉쳐 물리치료를 받을 때,
제가 물었죠.
“제가 뭘 잘못했길래 이렇게 근육이 놀랐을까요?”
그때 물리치료사 선생님이 하신 말씀이 기억납니다.
“열심히 사느라 그랬겠죠. 잘못은요, 뭘.”

돌아보면 그렇습니다.
우리가 뭘 또 그렇게 잘못했던가요.
그저 열심히 사랑하느라 그랬을 뿐,
우리에게도 그만한 이유가 있었잖아요.

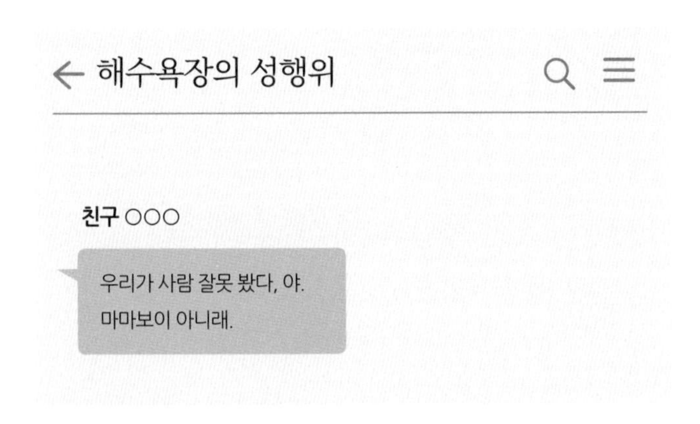

친구가 소개팅을 하기로 했단다. 그러면서 상대의 카톡 프로필 사진을 보여주는데, 엄마와 다정히 어깨동무를 하고 찍은 사진이다. 그래서 나는 대뜸 말했다.

마마보이야.
그치? 좀 이상하지?
응. 40대 후반에 어머니하고 단둘이 찍은 사진을 카톡 프로필 사진으로 올려놓는 남자가 흔하냐?

그날 그렇게 우리는 사진으로만 본 그 남자를 마마보이로 단정 지었다. 그리고 친구는 큰 기대 없이 밥만 먹고 오겠다며 나갔는데,

111%

소개팅 중에 나에게 문자를 보내왔다.

우리가 사람 잘못 봤나 봐. 마마보이 아니래.

그러면서 하는 말이, 사진은 가족이 다같이 찍었는데 그 부분만 오려둔 거란다. 게다가 어머니와는 한 달에 한 번 만날까 말까 하고. 그래서 좀 죄송한 마음이 들어 최근에 프로필 사진을 바꿔놓았다는 것이다. 그러면서 친구는 말한다.

야, 우리는 왜 이렇게 뭐든 다 잘못 보냐? ㅋㅋㅋ

그랬다. 우린 그런 사람들이었다.

한번은 부산의 해변을 걷다가 이런 플래카드를 보았다.

해수욕장 내 풍등, 폭죽놀이 및 성행위가 금지되며
적발시 과태료 (어쩌구 저쩌구)

나는 그 플래카드를 보고 너무 놀라서 말했다.

성행위? 해수욕장에서 성행위를 하는 사람이 있어?
왜 없겠니. 근데 엄청 많은가 보다. 저렇게 대놓고 플래카드에 적어놓은 걸 보면.

그런 얘기를 주고받으며 해변 끝에서 다시 거꾸로 돌아오는 길, 그 앞을 지나며 우리는 둘 다 빵 터지고 말았다. 다시 본 플래카드에는 이렇게 적혀 있었다.

해수욕장 내 풍등, 폭죽놀이 및 '상행위'가 금지되며

그랬다. '성행위'가 아니라 '상행위'였다. 한마디로, 여기서 장사하면 안 된다는 얘기.
상행위를 성행위로 읽은 나는 무엇이며, 해수욕장에 그런 사람 많나 보다며 맞장구친 친구는 또 뭔가. 음란마귀의 자손이 아니고서야 우째 이런 실수를!

어쩌면 카톡 프로필 사진 속에서 본 그 남자는 '상행위'였을지도 모르겠다. 내가 마마보이라고 잘못 읽었을 뿐, 그는 일반적인 혹은 약간의 효자이거나, 어쩌면 엄청 불효자일 수도 있겠지.

113%

그 후로 나는 내가 본 많은 사람들에 대한 판단을 유보하기로 했다. 내가 그들을 잘못 읽고 오독하고 있는 것일 수도 있기에.
상행위를 성행위로 읽는 실수를 다시는 하지 않기 위해서.

잘못 읽는 버릇을
삭제하시겠습니까?

취소 삭제

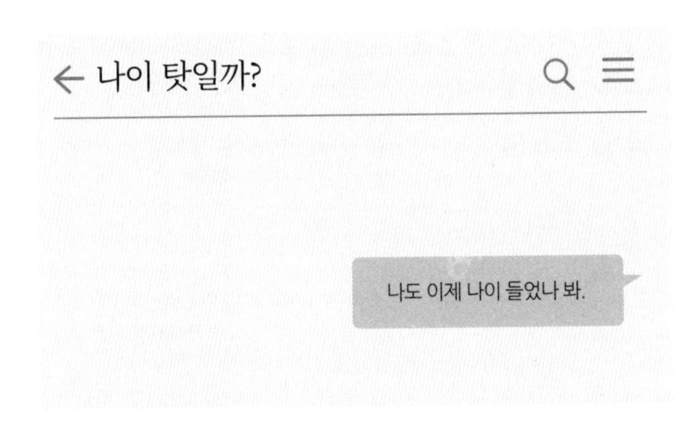

부산 광안리 해변의 동쪽 끝으로 걷다 보면, 마치 옛날 초등학교 운동장에 있었던 스탠드석 같은 계단이 있다. 그 계단 앞은 바다고 바다 위로는 광안대교가 뻗어 있는데, 그 광경이 캬! 샌프란시스코의 어느 부둣가 같단 말이지. (샌프란시스코에 다녀온 적은 없습니다만.)

그런데 12월의 어느 날, 나는 보았다. 그 바닷가 앞 스탠드석에 젊은이들이 걸터앉아 회 한 접시와 소주 먹는 모습을. 그날 부산은 겨울치고 따뜻한 영상의 기온이긴 했어도 그렇게 야외에서 먹을 정도인가 싶었는데, 패딩을 입은 젊은이들은 추운 줄도 모르고 회 한 점과 소주 한 잔에 청춘을 노래하고 있었다. 그래서 나도 모르

↗ ✱ 115% [battery]

게 나온 말이 "젊어서 좋겠다"였는데, 옆에서 듣고 있던 친구가 한쪽 끝을 가리키며 말했다.

저쪽은 안 젊다.

친구가 가리키는 쪽을 보니, 그곳엔 예순은 훌쩍 넘어 보이는 아저씨 아줌마들이 모여 소주잔을 기울이고 있었고, 또 멀지 않은 곳에서는 할아버지 어르신들도 회와 부침개를 드시고 계셨다.

그러니까 젊어서가 아니고 기질인 거지.

하긴, 나는 '젊어서'도 밖에까지 뭘 바리바리 싸 들고 가서 먹는 걸 별로 좋아하지 않았다. 20대에도 그냥 집에서 빈둥거리는 걸 좋아했고, 사람이 많은 곳보다는 고즈넉한 곳에서 둘 혹은 혼자 커피 마시는 게 좋았다.

그러니까 요즘 내가 자주 하는 말인 "나 나이 들었나 봐. 돌아다니는 게 귀찮다"는 사실, 팩트가 아니다. 나는 나이에 상관없이 늘 돌아다니는 걸 귀찮아했으니까.

그럼 이쯤에서 팩트 체크를 한번 해보자.

나이 들었나 봐. 왜 이렇게 움직이는 게 귀찮냐 — 젊을 때도 귀찮았다
나이 들었나 봐. 눈물이 많아지네 — 젊을 때도 잘 울었다
나이 들었나 봐. 작은 일에도 화가 나 — 젊을 때도 사소한 일에 발끈했다
나이 들었나 봐. 외롭네 — 젊을 때도 외로웠다

이로써 나는 한 가지 사실을 깨달았는데, 내가 "나이 들어서 그런가 보다"라고 말한 경우의 상당수는 나이 들기 전에도 그랬다는 것이다.

그러니 이제 모든 것을 나이 탓으로 돌리는 일은 그만둬야겠다. 그것은 나이 탓이 아니고 내가 원래 그런 사람이라는 것을 인정하자. 그래요, 나는 원래 이런 놈입니다. 젠장.
(근데 욕이 는 건 나이가 들어서가 맞는 것 같다. ㅜㅜ)

나이 탓으로 돌린 변명을
삭제하시겠습니까?

취소	삭제

117%

← 누굴까? 똥 싸고 간 사람

빌라 관리업체

102동 현관 앞에 볼일을 보고 간 범인을
추적 중에 있습니다.
일단 현장은 그대로입니다.
조금만 참아주시고 조심하시기 바랍니다.

어느 토요일 오후, 춘천 부모님 댁에서 낮잠을 자고 있는데 웬 사진 한 장과 함께 도착한 빌라 관리업체의 문자. 사진에는 우아하게 선글라스를 쓴 여성이 황급히 어디론가 가고 있는 모습이 찍혀 있었다. 이게 무슨 일인가 싶어 같은 빌라에 사는 언니에게 전화해봤더니, 아 글쎄, 간밤에 누군가 빌라 공동현관 앞에 똥을 싸놓고 갔단다.

똥을 싸놓고 갔어.

응? 똥이라니! 진짜 똥?

응. 진짜 된똥.

어머나, 세상에. 이유를 물어봤지만 언니가 싼 게 아니니 알 리가 없고, 누가 이런 짓을 했을까 나는 궁금해졌다. 언니는 "치매가 좀 있는 어르신이 아니었을까"라고 말했지만, 만약 온전한 정신을 가진 사람이 그랬다면 과연 왜, 무슨 이유로, 남의 빌라 현관 앞에 똥을 싸놓고 간 것일까.

이것이 어느 삼류 복수 영화라고 가정해보자. 어느 날 누군가 빌라 앞에 똥을 싸고 "너 그렇게 살지 마!"라는 메모를 남긴 후 사라진다. 아침에 빌라 앞에 모인 주민들은 도대체 어떤 사람이 이런 몰상식한 행동을 했냐며 난리를 치고, 누군지 잡히기만 해보라면서, 서로 "경찰에 신고했으니까 곧 소식이 오겠죠. 네, 그러면 들어가서 쉬세요"라는 인사를 나누고 흩어진다. 그리고 저마다 자신의 집으로 들어가서는 뭔가 찔린 사람마냥 '혹시 나 엿 먹으라고?' 생각하면서 휴대폰을 뒤적이는 것이다.

아내 몰래 바람 피고 있는 ○○○호 남자
남편 몰래 노름하고 있는 ○○○호 여자
부모 몰래 싸움질하고 다니는 ○○○호 학생

119%

사내에서 유부남과 내연의 관계인 ○○○호 싱글 여성

모두 뭔가 똥처럼 구린 구석이 하나씩은 있는 사람들. 그들은 다음 날 다시 모여 이야기를 시작한다.

빌라 이미지도 있고
이런 일로 경찰에 신고해봤자 범인이 잡힐 리도 없고
그럼 그냥 없었던 일로 하고
우리가 나서서 치웁시다.

이렇게 사람들은 스스로 똥을 덮는다.

여기까지 생각했을 때, 빌라 게시판에 안내문이 붙었다.

빌라 종합관리실입니다.
경찰서에서 추적이 어렵다고 합니다.
안타깝지만 이번 일은 여기서 마무리해야 될 것 같습니다.

그렇게 현관 앞 똥 사건은 마무리가 되었다.

하지만 나는 요즘도 가끔 집마다 불이 켜진 빌라의 외관을 바라보며 생각한다.
어쩌면 우린 현관문을 꼭꼭 걸어 잠그고 저마다 구린 비밀 하나씩 간직하며 살고 있는 건 아닐까? 가족도, 절친도 모르는 절대 들키고 싶지 않은 구린 구석. 아무리 고고해 보이는 사람도 속속들이 들여다보면 그 안엔 부끄러운 비밀 하나쯤 품고 있겠지.

현관 앞의 똥은 그런 우리에게 보내는 '경고'의 메시지일지도…….

이제 정신 차리고 구린 비밀을
해결 및 삭제하겠습니까?

취소 삭제

121%

← 무지 (주의: 무인양품 아님)

야, 이 책 뒷면 좀 봐봐.
이 출판사, 이 오타 어쩔?

꽤 오래전, 서점에서 책을 뒤적거리고 있는데 한 책의 표지 뒷면에 실린 추천사에 이런 구절이 있었다.

사회 현상을 아주 적확하게 지적한 (어쩌구 저쩌구)

솔직히 고백한다. 나는 '적확하다'라는 말이 있는 줄 몰랐다. 그래서 '적확하게'가 '정확하게'의 오타인 줄 알았다. 이런 무지함으로 나는 친구에게 사진 첨부 문자를 보내며 출판사를 마구 비웃었던 것이다.

그런데 잠시 후 친구가 답문을 보내왔다.

[적확하다] 정확하게 맞아 조금도 틀리지 아니하다. 국어사전에 나옴.
정말?

세상에! '적확하다'라는 단어가 있었다니! 나는 얼마나 무식한 인간이란 말인가! 심지어 나는 국문과 출신이다! 순간 얼굴이 빨개지면서 쥐구멍이 있으면 들어가 살고 싶어졌다.

하긴 나의 무지(無知)가 어디 '국어'뿐인가.
그동안 살아오면서 '사람'에 대한 얼마나 많은 무지가 있었던가.

내 앞에서 칭찬하는 사람은 뒤에서도 날 칭찬하는 줄 알았고, 나한테 잘해주면 그저 다 좋은 사람인 줄 알았고, 나에게 늘 자상한 남자는 다른 여자에게도 자상하다는 걸 몰랐고, 겉멋 부리기 좋아하는 남자는 인생에도 겉멋이 들어 성실하지 않다는 걸 몰랐으며, 누군가는 내가 한 이야기를 토씨 몇 개 바꿔 뒤에서 아예 다른 이야기로 만들어버릴 수 있다는 걸 몰랐다.

그러니 나는 얼마나 더 살아야 국어와 세상에 대한 무지를 떨쳐버릴 수 있을까.

123%

그날 나는 서점에서 아주 두툼한 국어사전을 하나 샀다.

한글을 떼는 어린아이의 마음으로 열심히 들여다봐야지.

이 국어사전을 독파할 때쯤이면 세상에 대한 무지도 어느 정도 깨칠 수 있으면 참 좋겠다.

세상에 대한 무지를
삭제하시겠습니까?

취소 삭제

Part 3
마음을 내어주고 싶은 당신이 있어서

글쎄…

OK!!

일반국도
46

CAFE
닭갈비
50% 할인 스포츠의류
창고大개방

← 찬란한 시간을 위하여

후배 ○○○

전 공항으로 가는 중임돠!
잘 댕겨올게요^^!!
언니도 행복한 시간 보내고 계소서~

후배 작가가 가을 개편부터 쉬게 되었다. 거의 10년쯤 쉬지 않고 일했다고 하니 좀 쉬어도 되겠지 싶다. 하지만 그건 내 마음이고 당사자의 마음이야 어디 그런가. 개편을 앞두고 일자리를 찾지 못하면 남은 기간 방송국에 다니는 기분이 얼마나 개떡 같은지, 나는 알고 있다.

나만 빼고 회의하는 팀을 보는 씁쓸함. 괜히 무능력해진 것 같은 우울함. 더없이 땅으로 꺼져버리는 자존감. 스타벅스에 가도 '밀크 카라멜 콜드브루 프라푸치노' 같은 고급 커피 벤티 사이즈는 못 사 먹을 것 같은 위축감. 늘 주차하던 이 건물에 이제 다시는 차를 댈

127%

수 없겠지? 하며 쓸쓸해지고, 라디오국에 내가 다시 들어올 날이 있을까? 미래가 걱정되면서, 일도 없고 남자친구도 없는데 나 뭐 하고 살지? 하는 별의별 생각이 다 드는 것이다.

그런데 그런 '잘림'을 한번 겪어보면 알게 되는 것이 있는데, '잘려서' 강제로 쉬는 그 시간이 나에게 참으로 큰 자양분이 된다는 거다. 생각해보면 그 시기에 했던 생각만큼 철학적이었던 때가 없었고, 그 시기에 먹었던 커피만큼 맛을 음미했던 적이 없으며, 그 시기에 걸었던 길만큼 깊은 사색을 준 산책이 없었다.
그러나 나를 포함한 많은 후배들이 그 시간을 누리지 못하고 걱정만으로 시간을 허비하다가 다시 일이 들어오고, 여기서 이 짓을 내가 또 하고 있네, 미쳤지, 라고 생각할 즈음 비로소 그 시절을 그리워하게 되는 것이다.

그런데 이 후배는 뭔가 달랐다. 물론 마음에 얼마나 복잡한 감정이 들어차 있겠냐만은, 후배는 더 이상 일자리가 없다는 것을 안 직후 바로 남미 여행 티켓을 끊었다. 무려 한 달이 넘는 기간을 그것도 홀로, 아무것도 정해지지 않은 앞날을 뒤로하고 비행기를 탔다. 그녀는 비행기를 타기 전 나에게 마지막으로 부탁했다.

언니, 등산양말 좀 빌려주세요.

돈이 없어 살 수는 없고 모든 준비물을 빌려서 챙겨간 후배. 비록 등산양말은 빌려주지 못했지만 돈 10만 원을 봉투에 넣어 쥐여주며 짧은 메모를 남겼다.

이 돈이 남미 남자 꼬시는 데 쓰이길.

그녀가 남미에서 행복했으면 좋겠다.
현재의 시간을 불안으로 잠식하지 말았으면 좋겠다.
아무 생각 없이 와인 그 자체를 즐기고 오면 좋겠다.
정말로 남미 남자와 사랑에 빠지면 더 바랄 것이 없다.

내가 못 했던 것들을 멋지게 해내고 있을 그녀에게 박수를 보내며, 그녀의 찬란한 남미와 용기를 내 마음 속에 저장해두련다.
잘 다녀와! 멋진 후배여!

그녀의 자유와 용기,
그 찬란함을 저장하시겠습니까?

취소 | 저장

129%

← 방 한 칸 내어주고 싶은 당신이 있어서

후배 ○○○

마음을 다해서 기도할게요. ^^
부디 언니에게 폐가 되지 않는 후배였길 바라고요, 진짜 진짜 고생하셨어요.
잊지 않고 불러주셔서 감사합니다. -香-

3일간의 박경림 토크 콘서트를 끝내고 기진맥진해 집에 널브러져 있을 때였다. 3일간 함께 고생해준 후배의 문자. 메시지 끝에는 늘 자신의 이름 한 글자를 따서 향기로울 '향(香)' 자를 써놓는 아이.

그녀와의 인연은, 그러니까 와우, 10년하고도 몇 년이 훌쩍 지나 있다. 처음 MBC에서 일하게 됐을 때 나와 한 팀이었던 후배 작가. 그 후 수년간 서로 다른 프로그램을 하고 심지어 그녀는 방송사를 옮겼는데도 심적으로 가장 가깝게 느껴지는 후배다.

131%

그래서 뭔가 부탁할 일이 있을 땐 제일 먼저 연락을 하게 되고, 나의 부탁을 진심으로 아무렇지 않게 들어주는 참 고마운 후배. 어떤 속 이야기를 해도 내 편이 되어주고, 누구 욕을 해도 밖으로 샐 염려 없는 묵직한 아이. 얼마 전 고속버스터미널에서 한 남자가 여의도역에서도 몇 번 봤다며 우연이 아닌 것 같다고 말을 걸었을 때, 그럴 리가 없다며 부리나케 뛰어 도망치던 겁 많은 아이. 우리 집에 집들이 왔을 때 "언니, 제 나이 60에도 우리 여전히 싱글이면 여기 이 방 저한테 세줄 수 있어요?"라고 진지하게 묻던 아이.

그날 밤 생각해봤다.
나이 60에도 지금처럼 내가 미혼으로 살게 된다면, 그래서 쉐어하우스 하나 마련하여 다 같이 모여 산다면, 누구누구와 살면 좋을까? 아직 모든 방의 주인을 채우진 못했지만, 방 한 칸엔 분명 그녀가 있을 것이다.

젊은 날 나에게 베풀어준 그 마음에 감사하며, 환갑을 맞이한 어느 아침 너를 위해 미역국을 끓여줄게. 쉐어하우스 부엌에서.
그때까지 우리 각자의 위치에서 잘 버티고 살아가길…….

물론 후배에게 평생 결혼하지 말라는 저주를 내리는 것은 아닙니다. 오해 없으시길…….

그녀의 연락처를 늙어 죽을
때까지 저장하시겠습니까?

취소	저장

133%

← 국가부도의 날

○○○ 언니

올해도 우리 집에서 모여야지. 신년회 콜?

내가 방송국에서 일을 시작하고 얼마 되지 않아 IMF가 터졌다. 사정이 어려우니 인원을 감축해야 했고, 각 프로그램마다 작가는 한 명씩만 두는 것으로 결정되었다.
하지만 프로그램을 제작하는 데 작가가 한 명인 것은 현실적으로 무리가 있었다. 음악 프로그램이 아니라 청소년 프로그램이거나 구성이 복잡한 방송은 더욱 그랬다. 그래서 궁여지책으로, 공식적으로는 작가가 한 명이지만 비밀리에 서브 작가를 한 명 더 두었다. 그 비밀리에 유령처럼 일하던 작가가 나다.

급여는 메인 작가 언니가 원고료를 받으면 그 일부를 떼어 서브 작가에게 주는 형식이었는데, 당시 내가 받은 돈이 60만 원 남짓. 한

달 빡세게 고생하고 받은 원고료치고는 눈물나게 적은 금액이었다. 억울하다 못해 창피했지만 그렇게라도 버티는 수밖에 도리가 없었다.
국가는 부도 상태였고, 우리는 'IMF 국민'이었으므로.

그렇게 다들 힘들기 때문이었을까. 원고료를 받은 어느 날, 지갑에 60만 원을 넣어두고 잠시 자리를 비웠다가 다시 돌아왔는데, 그 기분을 아시려나, 가방에서 뭔가 싸-한 느낌이 전해져왔다. 분명 그다지 흐트러지지도 않았는데 아주 미세하게 누군가 손을 댄 것 같은 직감이 들어 떨리는 손으로 가방을 열어보았다. 그리고 지갑을 확인했을 때, 나는 절망했다.
그랬다. 60만 원 중 남은 돈이 22만 원. 왜 그렇게 애매한 금액이 남았는지 모르겠지만, 아마도 손에 잡히는 대로 한 움큼 집어간 것이 아닐까 생각한다.

순간 눈물이 났다. 쥐꼬리만 한 돈, 거기서 빼갈 게 뭐가 있다고.
그때 누군가 나에게 말했다.

처음부터 덜 받은 거 아냐?

135%

그 말에 흔들려서는 안 됐는데 나는 그만 생각하고 말았다. '그래, 내가 그 자리에서 봉투의 돈을 세어본 건 아니잖아?'
그리고 그 생각은 의심으로 바뀌고, '메인 작가 언니가 나에게 돈을 덜 준 것일 수도 있어'라는 확신이 되었다. 그리하여 나는 언니에게 해서는 안 될 말을 하게 되는데, 바로 다짜고짜 물은 것이다.

언니, 돈이 없어졌는데, 혹시 돈 덜 주신 거 아니에요?

처음엔 나를 안쓰럽게 생각하던 언니의 표정이 어둡게 변해갔다. 그러더니 담배 한 개비를 물고 아주 씁쓸한 표정으로 말했다.

내가 설마 그 돈을 떼먹겠니? 내가 너랑 1, 2년 본 사이도 아니고.

아, 그랬지. 나와 언니는 단순한 메인, 서브 관계가 아니었지. 우리 사이엔 '신뢰'가 있었지. 그걸 깨버린 것이 바로 나였던 것이다.
"그런 뜻은 아닌데, 미안해요, 언니"라고 사과했지만 아마 언니는 그날 적잖이 울적했을 것이다. 그런 의심을 받았다는 것도, 마음을 줬던 후배에게서 비수를 맞은 것도.

그러나 참으로 감사한 것은, 다음 날 언니는 아무렇지도 않게 평상

시와 똑같이 나를 대해줬고 일을 같이 하지 않는 순간에도 먼저 연락하고 불러내 밥을 사주었다. 그리고 언니는 해마다 "올해도 우리 집에서 모여야지" 하면서 문자를 보내온다.

언니의 아량이 없었다면 이미 깨지고도 남았을 우리 관계. 그래서 나는 언니에게 늘 빚을 지고 있는 느낌이다.
그리고 이제는 안다. 내가 지금도 관계를 유지하고 있는 많은 사람 중 대부분은 나의 실수를 눈감아주고 배려해주는 마음이 있었기에 가능하다는 것을.
그래서 나는 연락을 해오는 나의 지인들이 정말 많이 고맙다.
(이 책을 빌려 다시 한번 감사 인사를 드립니다. 꾸벅.)

영화 〈국가부도의 날〉을 보고 나왔다. IMF, 모두가 힘들었던 시기. 힘들었던 그 시기에 나의 부족함을 넘어가준 많은 분께 감사의 인사를 전한다.
그리고 기다린다. 선배 언니의 신년회 문자를.

실수를 안아준 선배 언니의
마음을 저장하시겠습니까?

취소 저장

137%

← 맞장구 3종 세트

친구 OOO

고마워. 너는 항상 내가 듣고 싶은 말을 해줘서 좋아.

나는 맞장구치기를 좋아한다. 아니 좋아'했'다.
친구가 직장생활로 힘들다 뭐다 푸념을 하고 상사를 욕하면, 나는 무조건 '맞장구 3종 세트'를 풀어놓았다.

세상에, 너무 힘들겠다.
세상에, 너니까 참지.
세상에, 그 자식이 미친놈이네.

누군지, 어떤 사람인지, 생판 모르는 사람을 나는 그렇게 친구 말만 듣고 무조건 욕했다.
이렇게 얘기를 하고 나면, 친구는 집에 가는 길에 "듣고 싶은 말을

↗ ✱ 139%

해줘서 고맙다"는 문자를 보내오곤 했던 것이다.

반면 나와는 정반대인 친구가 있다.
이야기를 가만 듣고 있다가도 '문제 제기 3종 세트'를 풀어놓곤 했는데,

꼭 그렇지는 않을지도 몰라.
그건 네 잘못도 좀 있는 거 아냐?
글쎄, 그 사람 입장에서는…….

뭐 이런 식이다.
그래서 푸념하던 친구는 몹시 불쾌해하기도 했는데, 한번은 참다 못해 "친구인데 그냥 좀 맞장구쳐주면 안 되니?"라고 정색을 했던 것이다.
그러자 '문제 제기 3종 세트'를 풀어놓던 친구가 굉장히 진실된 눈빛으로 우리를 번갈아 보며 말했다.

맞장구쳐주는 거 어렵지 않아. 근데 네 말대로, 친구라면 아닌 건 아니라고 말해줘야 하잖아. 지금은 내 말이 서운하게 들려도, 나중엔 왜 친구들이 그런 얘길 안 해줬을까 원망하게 될지도 모르니까. 나도 이렇게 말

하는 거 쉽지 않아.

그 얘기를 듣는데, 문득 심장이 쿵 내려앉은 느낌이었다.
그래, '맞장구'와 '문제 제기', 이 둘 중에 더 힘들고 말 꺼내기 어려운 쪽을 가려보면 그것은 분명 '문제 제기'일 것이다. 맞장구는 쳐주면 쳐줄수록 칭찬이 돌아오지만, 문제 제기는 아무리 좋게 이야기해도 일단은 상대가 정색을 하기 때문이다.

그러니 어쩌면 나는 세상에서 제일 쉬운 일을 하고 있었던 건지도 모르겠다. 그렇게 영혼 없이 '맞장구 3종 세트'를 늘어놓으며, '난 역시 위로하는 데 소질이 있어'라고 혼자 잘난 척을 하고 있던 건 아닐까.

언젠가 함께 일을 하던 피디도 비슷한 말을 한 적이 있다.

"네네" 하면서 디제이한테 맞춰주는 게 뭐가 어렵겠어요. 아닌 건 아니라고 말하고 설득하는 게 어려운 거지. 그래도 욕먹을 때 먹더라도 방송 잘 나오는 방향으로 해야죠.

그 후 나는 맞장구를 치기 전에 한 번 더 생각하는 버릇이 생겼다.

141%

영혼 없는 맞장구 말고 영혼 있는 문제 제기를 위해서.
순간적으로는 서운하더라도 정말 그 사람에게 도움이 되는 이야기를 해주고 싶기 때문에.

네, 그 어려운 일을 요즘 제가 해내고 있습니다.

영혼 없는 맞장구 3종 세트를
삭제하시겠습니까?

취소 삭제

← 알 수 없는 인생

OOO 선배

OOO 본인상
우리 사랑하는 OO이가 하늘나라로
갔습니다. 이에 삼가 알려드립니다.

빈소 : △△ 병원 장례식장 102호

여느 날과 다를 바 없는 아침이었다.

원고 쓰느라 정신이 없었으므로 그저 광고려니 생각했다.

어떤 마음의 준비도 없이 펼친 문자에는

'부고' 안내가 적혀 있었다.

선배 번호로 온 선배의 부고 문자.

본인상.

처음엔 문자를 이해하지 못했다.

응? 본인이 어떻게 본인 부고를 알려?

143%

그다음엔, 장난인 줄 알았다.
에이, 선배님, 장난이 심하시네.

그러다 몇 분 후에 깨달았다.
진짜구나. 진짜 돌아가신 거야.

한때 함께 프로그램을 만들던 선배였다.
처음엔 개그맨을 꿈꿨고, 그러다 음악이 좋아졌고,
무명 가수의 매니저 일도 하다가
어떻게 어떻게 음향 효과를 담당하게 됐다는 선배.
투잡 쓰리잡을 뛰면서도 늘 가족이 먼저였고,
노모 모시기를 기쁨으로 아는 효자로 소문난 사람.

장례식장에서 돌아오는 길,
나는 유행가 가사처럼 흔해져버린
인생의 덧없음을 다시 한번 상기했다.
인생 참 허무하지,
누구보다 열심히 살았어도, 남에게 해코지 한번 한 적 없었어도,
50대 그 창창한 나이로 세상을 떠날 수 있는 거구나.

이럴 줄 알았으면 진즉에 밥이라도 한 끼 살갑게 먹을걸.
오다가다 수고 많으시다고 커피라도 한 잔 건넬걸.
아니 그냥,
요즘 어떻게 지내시냐고 시시한 안부라도 여쭤볼걸.

시간이 많은 줄 알았다.
앞으로 기회가 되면 얼마든지 만날 수 있을 줄 알았다.

나에게는 얼마의 시간이 남았을까.
그에게는.
또 당신에게는.

오늘 다시 한번 깨닫는다.
우리에겐 남은 시간이 보이지 않는다는 것을.

선배님, 그곳에선 아프지 말고 건강하세요.

이제는 보낼 수 없는 메시지를
임시보관함에 저장하시겠습니까?

취소 저장

145%

← 수신 불가

1577 - 0000

요청하신 대로 고객님의 상품 2건(1박스)을 문 앞에 '소중히' 보관하였습니다.

쿠팡의 고객님이 되어주셔서 진심으로 감사합니다. 오늘도 내일도 고객 만족을 위해 노력하겠습니다.

나는 쿠팡을 좋아한다. 솔직히 다른 사이트에 비해 가격이 싼지는 모르겠다. 그런데 배송이 확실한 느낌이랄까. 게다가 예전에는 느낄 수 없었던 배송기사님의 친절한 문자에 어느 날은 괜히 뭉클해지기도 하는 것이다.

바람이 몹시 불던 추운 겨울날, 현관 앞에 놓인 택배 사진과 함께 도착한 "고객님의 물건을 '소중히' 보관하였고 오늘도 내일도 고객 만족을 위해 노력하겠다"라는 문자가 왠지 모르게 진심으로 느껴

147%

지던 그날, 나는 길게 답문을 적어 보냈다.

추운 날 고생 많으시다는 말과 늘 빠른 배송을 위해 애써주셔서 감사하다는 인사, 그리고 크리스마스 잘 보내시라는 축복을 담아 하나 가득 답문을 보냈는데, 이런 답이 돌아왔다.

이 번호는 문자 수신이 불가합니다.
문의사항 있으시면 쿠팡 고객센터로 연락주세요.

우이씨, 수신 불가네.
명문장으로 진짜 주옥 같은 글들을 써 내려갔는데, 수신 불가다.

그 순간 나는 한 사람이 떠올랐다.
남에게 뭔가 받는 것을 극도로 꺼리는, '수신 불가' 사람이었다.
한번은 바자회에서 바디로션을 저렴하게 많이 사서 주위에 나눠준 적이 있는데, 그때 유일하게 "저는 됐습니다"라고 말하던 사람이었다. 그냥 부담 없이 받으셔도 된다고 했지만 그는 손에 뭘 들고 가는 게 귀찮다며 거절했다. 그래서 대중교통을 이용하면 그럴 수도 있겠다, 하고 생각했지만, 나는 봤다. 유유히 차를 몰고 주차장을 빠져나가는 그의 모습을.

그러고 보니 그는 단 한 번도 내 선물을 받은 적이 없다. 자신의 상황이 어려울 때도 그랬다. 내가 아는 한 그는 그 어떤 사람의 선물도 성의도 받은 적이 없다. 자신은 조금이라도 '신세'를 지는 것이 너무나 싫단다. 그래서 굶어 죽더라도 절대 남의 도움은 받지 않을 거라고 했다.

그것은 그의 라이프 스타일이므로 나무랄 마음은 없다. 그런데 문제는, 받는 것이 안 되니 '주는 것'도 안 된다는 것이었다. 내가 아는 한 그는 주위에 그 어떤 선물도 성의도 베푼 적이 없다.
그가 못돼서, 라고는 생각하지 않는다. 하지만 조금 안타깝기는 하다. 받을 때의 고마움을, 줄 때의 즐거움을 모르고 사는 것 같아서.

나는 받아본 사람이 줄 줄도 안다고 믿는다.
그러니 상황이 어려우면 고맙게 받자. 그러다 내 상황이 좋아지면 즐겁게 주자.
우리 삶이란 게, 상황이 언제 어떻게 바뀔지는 아무도 모르는 것이므로.
게다가 우리는 수신 불가의 쿠팡 문자가 아니라 마음까지 주고받는 '사람'이므로.

149%

다른 사람에게 받은 성의를
저장하시겠습니까?

취소 저장

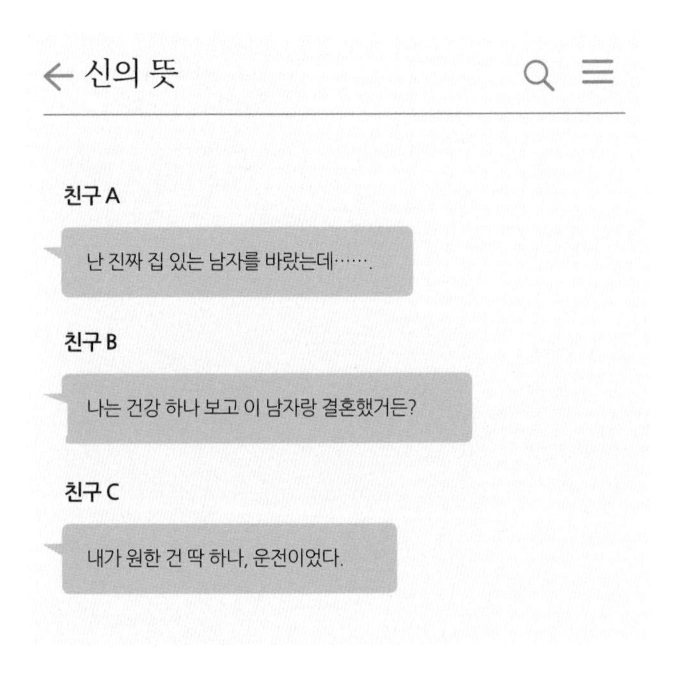

학벌, 외모, 그딴 거 다 필요 없고, 그저 집 하나 있는 남자면 된다는 친구 A가 있었다.
오래도록 강남 토박이로 자라서 이왕이면 강남에 집이 있으면 좋고, 그 외에는 아무것도 바라지 않는다고 했다. 그런데 A가 사랑에 빠진 남자는 외모도 준수하고 직장도 탄탄한데 딱 하나, 집만 없는 남자였다.

◁ ✱ 151%

한편, 집이 있거나 말거나 그저 건강한 남자면 된다는 친구 B가 있었다.
사람은 건강이 제일 중요한 것이니, 그것만 보장된다면 그 남자와 한평생 알콩달콩 잘 살 수 있을 거라고 했다. B는 정말로 건강 딱 하나 보고 결혼했는데, 결혼한 지 얼마 되지 않아 남편이 암 판정을 받았다.

그리고 건강이고 뭐고, 자신은 무조건 운전 잘하는 남자가 좋다는 친구 C가 있었다.
남자가 한쪽 팔을 보조석에 걸고 후방 카메라를 주시하며 후진하는 모습에 자신의 영혼을 팔아도 좋다고 했다. 그런데 친구 C는 운전면허 없는 남자와 결혼했다.

이것으로 나는 30대에 깨달은 인생의 진리가 있었는데, 너무 간절히 원하면 신은 그것을 들어주지 않으신다는 거다. 쳇!
결혼 직후에 그녀들이 모여 수다를 떨 때면,
신은 정말 너무하시지 않니?
우리가 뭐 많은 거 바랐니?
어쩜 원하는 그거 하나 안 들어주시니?
라면서 하늘을 원망하곤 했던 것이다.

그런데 신기한 것은, 집 있는 남자를 바라던 A는 결혼 10년차가 되자 집을 장만했고, 건강을 바라던 B의 남편은 암 완치 판정을 받았으며, 무면허로 속을 태우던 C의 남편은 결혼 후 면허를 따서 직진보다 후진을 더 잘하게 되었다.

이것으로 나는 40대에 깨달은 인생의 진리가 있는데, 신은 우리가 간절히 원하는 것을 안 들어주신 게 아니라는 거다. 다만, 원하는 것을 둘이 함께 이뤄낼 수 있다는 것을 알게 하고 싶으셨던 게 아닐까?

조건 갖춘 상대를 바랄 게 아니라, 그 사람과 함께 이룰 생각을 30대에 했다면, 어쩌면 나는 지금 누군가와 같이 살고 있을지도 모르겠다.

아, 신이시여,
그걸 왜 지금 알려주시나이까.

이제라도 깨닫게 된 신의 엄중한
뜻을 저장하시겠습니까?

취소 저장

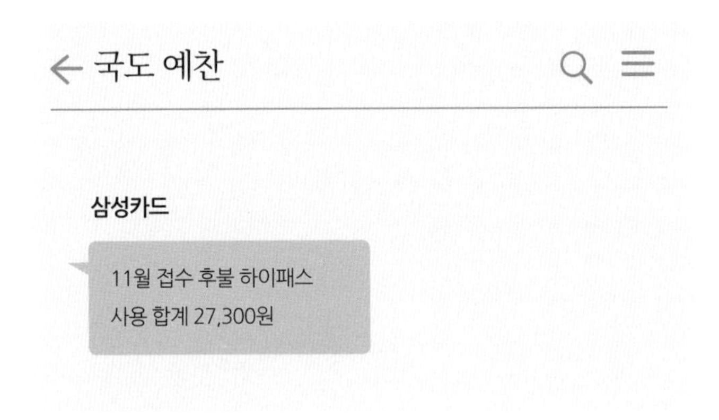

언제부터였을까. 이상하게 나는 국도가 좋아졌다. 하이패스 통행료가 아까워서는 아니다! (정말입니다.)

네 형부는 늘 국도로 다녀.

언니의 말을 들었을 때는 '고속도로 놔두고 왜?'라는 생각이 들었는데, 몇 달 전부터 국도가 좋아졌다. 그래서 서울에서 춘천 부모님 댁으로 내려갈 때는 고속도로를 타지만, 춘천에서 서울로 올라올 때는 일부러 국도를 탄다.

국도를 타고 가평을 지날 때쯤엔 잣을 파는 가게가 나오고, 조금

155%

더 가면 잣을 파는 가게가 나오며, 조금 더 가면 잣을 파는 가게가 나온다. 온통 잣 세상이다.
또 조금 더 가면 카페가 나오고, 옆으로 가면 닭갈비 식당이 있으며, 뒤로 가면 스포츠 의류 50% 할인 매장들이 나온다.
그리하여 차가 막혀도 국도는 볼거리가 많은 반면, 고속도로는 여기를 봐도 자동차요, 저기를 봐도 자동차요, 눈 쉴 곳이 없는 것이다.

그러고 보면 한때 나는 고속도로 같은 연애를 좋아했던 것 같다. 빠르게 가까워졌고 빠르게 달아올랐다. 그렇게 빠르게 친해지지 않는 사람은 왠지 인연이 아닌 것 같아 금세 마음을 접곤 하였던 것이다. 그런데 이 고속도로 사랑은 말이다, 처음엔 빨리 친해져서 좋아도 애정에 이상이 있을 땐 문제가 생긴다. 막힐 때 둘러볼 데가 없으니 서로에게 더 집착하고 할퀴고 상처를 준다.

반면 국도 같은 연애는 어떠가. 처음엔 구불구불 덜컹덜컹 친해지기까지 오래 걸려서 답답한 면은 있지만, 막상 친해지고 나면 더뎠던 시간만큼 여유가 있다. 그래서 애정에 이상이 생겼을 때 서로에게 상처를 주는 대신, 시선을 옆으로 돌리는 현명함을 발휘할 수 있단 말이지.

내가 마음이 급할 땐 고속도로를 타고, 시간의 제약을 받지 않아 여유로울 땐 국도를 타는 것처럼, 연애 또한 이와 같다. 외로움에 누군가를 빨리 만나야 된다고 생각하면 나도 모르게 고속도로 연애를 하게 된다.

따라서 국도 같은 연애를 하려면 혼자 있을 때조차 조바심이 없어야 한다. 외로움을 혼자 견딜 수 있어야 하고, 친구들의 연애나 결혼에 흔들리지 않아야 한다. 온전히 내가 나를 사랑하고 인정할 때 누가 다가와도 서두르지 않게 되는 것이다, 라고 말은 하고 있지만…… 그걸 알긴 아는데 이런 글을 쓰고 있는 나조차도 그게 잘 안 된단 말이지.

에라이, 평생 이론만 빠삭할 나란 인간이여!

구불구불 덜컹덜컹
주위를 둘러보는 국도 연애를
저장하시겠습니까?

취소	저장

157%

← 지도 못 보는 여자들

캐나다에서 구글 지도를 보고
도서관을 찾았다고?
헐! 언니 지도 보는 여자였어?

○○○ 언니

그럴 리가 있겠니?
방향감각 전혀 없음.

근데 어떻게 지도로 도서관을 찾았어?

○○○ 언니

구글 지도가 "동쪽 방향입니다" 그러는데,
나를 뭘로 보고 그러나 싶어서 그냥 계속 갔거든.
그런데 무작정 걷다 보니 도착 시간이
점점 늘어나는 거야.
그래서 다시 반대 방향으로 걸었지. ㅋㅋ

⊲ ✻ 159% ▭

우리의 지도 보는 실력은 이 정도다.
지도를 전혀 읽지 못한다. 방향감각도 없다.
나는 쇼핑몰에서 '극장이 어느 쪽이지?' 찾아 헤매다가, 결국 눈을 감고 후각에 집중하여 팝콘 냄새가 나는 쪽으로 걸은 적이 있다.
그리고 놀랍게도 그 끝에는 CGV가 있었다! 소름!

나보다 7년쯤 일찍 방송작가 일을 시작한 이 언니는 올해 하던 방송을 그만두고 돌연 캐나다로 떠났다. "나 이제 정말 그만 쓰고 싶어"를 밥 먹듯이 노래하다가 진짜로 그만 쓰기로 하고는 캐나다에 사는 친언니 집에서 지낸 기간이 3개월.
3개월 동안 캐나다 도서관에서 영어도 좀 배우고(물론 배웠다기보다 그냥 앉아 있었단다), 영화에서처럼 근처 바닷가에서 커피도 마시고, 바다를 바라보며 무념무상에 빠지기도 하고, 팔자에 없는 조카들 스웨터도 손빨래해주고, 와인을 마시며 밤을 지새우기도 했단다.

그런 언니의 생활을 동경하며 "거기 사는 사람들은 좋겠다"고 부러움의 문자를 보냈을 때, 언니는 내게 답을 보내왔다.

나는 쉬러 왔으니 그런 거지. 여기서 일상생활하는 사람들은 서울과 비슷할 듯. 여행하는 것과 사는 것은 다르니까.

그래, 맞다. 그렇지.
그런데 생각해보면, 나는 언제나 여행 같은 삶을 동경했던 것 같다. 바다를 보며 커피를 마시고 우아하게 글을 쓴다? 이것은 여행의 삶이지 현실이 아니다. 현실에는 마감이 있고, 내 글에 대한 비난이 있고, 머릿속이 백지처럼 하얘지는 창작의 고통이 있고, 고정 수입에 대한 불안이 있으며, 이 모든 것을 짊어진 하루하루의 피곤이 있다.

언니는 덧붙였다.

그래도 떠나보는 건 좋은 것 같아. 뉴질랜드나 호주로 어학연수를 가보는 건 어때? 구글 지도가 있으면 못 갈 데가 없어. 도착 시간이 늘어나면 반대로 걸으면 되거든.

모르겠다. 지금은 용기가 없지만 언젠가 나도 외국에 나가 짧게 살다 오게 될지도. 그때는, 모르긴 몰라도 지금 이 현실에 너무 지쳐 더 이상 견딜 수 없을 때가 아닐까. 현실에서 길을 잃고 삶의 무게를 버틸 수 없을 때, 만사가 짜증으로 다가오고, 세상이 제시하는

161%

지도를 읽지 못하고 헤매고 있을, 바로 그런 때겠지.

그리고 그렇게 도망치듯 떠나온 여행지에서도 나는 길을 잃고 헤맬지 모른다.
그래도 걱정은 하지 않으련다. 나에겐 구글 지도가 있으니까.
혹시 지도를 보지 못한다 해도 걱정할 필요는 없다. 도착 시간이 늘어나면 반대로 걸으면 되니까.
그저 시간을 조금 더 넉넉히 잡고 걸으면 될 뿐이다.

현답의 길을 제시하는
구글 지도 같은 언니의 카톡을
저장하시겠습니까?

취소 | 저장

← 각자의 방식대로

친구 ○○○

건강 잘 챙기고, 우리 방식대로 행복하게 살자.

흔히 사회에서 만난 친구는 우정의 깊이가 어린 시절의 친구보다 못하다고들 이야기한다. '사회'라는 배경이 우리를 계산적으로 만들기 때문인지도 모르겠다.

하지만 나에겐 그런 통념을 뛰어넘는, 어린 시절의 친구만큼이나 편안하고 즐거운 '사회에서 만난 친구' 들이 있다. 그들은 내가 20년 전 KBS에서 일할 때 같은 나이라는 이유만으로 친해진 작가였는데, 그때의 인연이 지금도 계속되고 있다.

그런데 재미있는 것은, 출발은 모두 KBS 작가로 시작하였으나 지금은 저마다 각기 다른 길을 가고 있다는 것이다.

↗ ✱ 163%

한 명은 결혼하여 남편, 아이와 함께 쿠웨이트에서 살고 있고, 다른 한 명은 결혼은 하였으나 아이 없이 남편과 서울에 살며 공연기획사에 다니고 있고, 그리고 나? 나는 남편도 아이도 없이 혼자 20년째 방송작가로 살고 있지.

이런 이유로, 만나면 할 얘기가 없을 것 같지만 우리는 만나기만 하면 집에 오는 길에 목이 아플 정도로 할 얘기가 많다. 그중 반은 20년 전 추억을 곱씹는 일이고, 반은 현 생활에 대한 신세 한탄과 푸념이지만, "그래도 네가 낫다"로 마무리하면서 서로를 위로하는데, 예를 들면 이런 식이다.

친구 1 쿠웨이트에서 내가 얼마나 외로운지 아니?
친구 2 그래도 너는 애가 있잖아. 난 애가 없다.
나 야, 난 남편도 없거든?
친구 1 그래, 그럼 내가 제일 나은 걸로 하자.

친구 2 우리 남편은 집에서 손 하나를 까딱 안 한다.
친구 1 우리 남편은 결벽증에 가까워.
나 야, 난 남편이 없거든?
친구 2 그래, 그럼 내가 제일 나은 걸로 하자.

친구 1 남편 돈 쓰는 거, 그거 은근 눈치 보인다, 너~

친구 2 그래서 돈 벌러 나왔는데, 그런데도 왜 집에 가서 남편 눈치를 봐야 되는 거니?

나 나는 돈도 내 맘대로 쓰고 집에서도 내 맘대로 한다.

친구 1, 2 그래, 그럼 네가 제일 나은 걸로 하자.

그런데 12월의 어느 날, 우리 셋의 단톡방에 쿠웨이트에서 사는 친구가 메시지를 보내왔다.

친구 1 연말이 되니 한국이 많이 그리워지네.
우리 2019년은 더 성장하는 해로 만들자.

친구 2 전직 작가답게 인사가 오프닝스럽다, 얘.

그리고 이어지는 한마디.

친구 2 그래. 우리, 우리 방식대로 행복하게 살자.

우리 방식대로 행복하게 살자.
그렇지. 우린 상황이 다 다르기 때문에 똑같은 방법으로 행복할 순

165%

없다. 그러니 각자의 방식대로 행복하게 사는 수밖에.

따지고 보면 모두가 그럴 것이다.
결혼을 했다고 해서 다 같은 가정을 꾸리고 있지도 않을 것이고,
미혼이라고 해서 다 같은 싱글 생활을 하고 있지도 않을 것이다.
그저 우리는 각자의 방식대로 행복하면 되는 것을,
왜 그토록 남의 행복 방식을 자신에게 도입하려 했을까.

그리하여 나는 오늘도 다짐한다.
누가 뭐래도 내 방식대로 행복해지기를,
마흔 넘은 싱글로, 혼자 사는 프리랜서로,
소심하고 게으르고 어리숙한 인생을 살고 있는 내 방식대로,
나는 행복해질 것이다.

타인의 방식을 삭제하고
내 방식을 저장하시겠습니까?

취소 저장

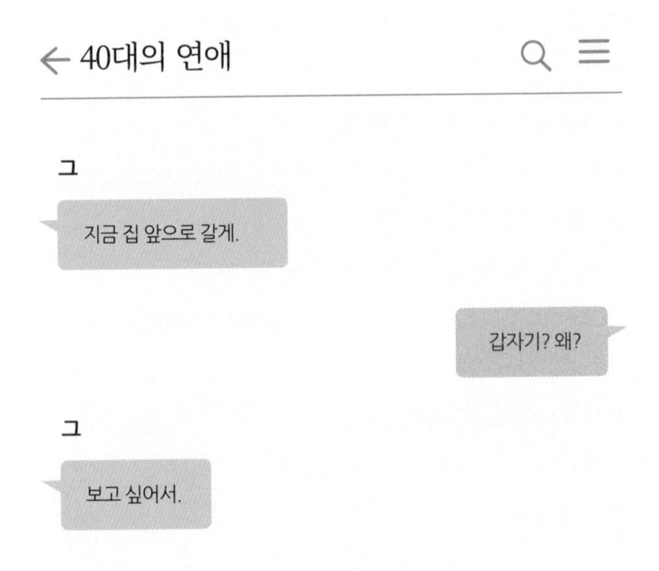

나도 말이지, 왕년에 그런 연애 해봤다.
보고 싶은 거 못 참겠어서 지금 당장 오겠다, 는
남자친구의 문자도 받아봤고,
나 쌩얼이라 안 돼, 하면서
열심히 비비크림 바르던 여우 짓도 해봤다.

그런데 40대에 연애를 해보니,

167%

이 밤, 너무 보고 싶다. 지금 당장 집 앞으로 갈게!
하는 문자도 없고, 나 역시 기대하지 않는다.
왜냐하면 그것이 다음날 출근을
얼마나 피곤하게 만드는지 알기 때문이다.

40대에 연애를 해보니,
나 얼마만큼 사랑해? 하늘만큼 땅만큼? 이만큼?
하는 확인도 없고, 나 역시 기대하지도 않는다.
어차피 얼마만큼 사랑해도
마음이 변하면 그 크기가 무의미하다는 걸 알기 때문이다.
아니, 오히려,
그렇게 컸던 사랑이 어떻게 이렇게 쪼그라들지?
허무하기까지 하더란 말이지.

40대에 연애를 해보니,
저 여자 누구야? 저 여자랑 왜 이렇게 친해?
하는 질투도 없고, 그가 질투해주기를 기대하지도 않는다.
다른 여자 때문에 지금 흔들릴 사랑이라면
어차피 내 인생 끝까지 함께할 수 없음을
알기 때문이다.

40대가 되니, 이렇게 사랑 자체에 대한 기대가 줄어든다.
아마도 사랑 그 쓸쓸함에 대하여 알고 있기 때문이겠지.

다만, 40대의 연애에도 이런 바람은 있다.
인생의 어떤 순간에도
내 손을 놓지 않을 거라는 믿음을 주면 좋겠다고.
그래서 먼 훗날 꼬부랑 할머니가 되었을 때
여전히 손 잡고 산책할 수 있는 남자라면 좋겠다고.

그래, 함께 그런 미래를 그릴 수 있는 남자라면 그걸로 됐다.

이 손을 놓지 않을 40대 사랑을
저장하시겠습니까?

취소 | 저장

169%

언젠가 카페에서, 50대로 보이는 아주머니가
공부하고 계신 모습을 본 적이 있어요.
마치 학생처럼 연습장에 영어 단어를 열심히 쓰고 계셨는데,
그 옆 테이블에는 책을 읽고 있는 또 다른 중년 남성분이 보였죠.

그런데 한 시간쯤 지났나.
책을 읽던 중년 남성분이 공부하는 아주머니의 테이블에
커피 한 잔을 말없이 올려주시더라고요.
'어머머, 저 아저씨, 여기서 헌팅을?'이라고 생각했는데,
알고 보니 두 분은 부부였어요.

공부하는 아내를 따라와 옆에서 책을 읽다가
식은 커피 대신 따뜻한 새 커피를 채워주는 중년의 부부.
50대에 제가 다시 사랑을 하게 된다면,
이런 모습이었으면 합니다.

따뜻한 커피 리필 같은,
인생의 채워짐 같은.

← 미역 예찬

울 언니

주환이 수능 끝나서 오랜만에 미역국 끓였다.
식탁에 올려놨으니까 저녁에 와서 먹어라.

마른 미역 우습게 보지 마라.

쪼글쪼글 움츠려 봉지에 담겼으나

그들이 물을 만나면

50g이 20인분 된다.

물을 만난 마른 미역은

상상 이상으로 푸른 날갯짓을 뽐내고,

지금 움츠린 당신의 마른 어깨도

그와 같을지니.

그러니 기죽을 필요 없다.

171%

물 만나는 그날,

그 무엇보다 크게 펴질

참 아름다운 미역 같은 당신.

+ 많은 수험생 집안이 그랬겠지만,

언니네 집도 한동안 미역국을 먹지 않았다.

주환이는 수능을 봤고, 망쳤다(고 한다).

그러나 진심으로 괜찮다고 말해주고 싶다.

너는 아직 물을 만나지 못한 마른 미역일 뿐이므로.

주환이에게 어깨 펴라고 전해줘.

위의 메시지를

전송하시겠습니까?

취소 전송

Part 4
우리는 사람이지, 우렁이가 아니니까요

콘서트홀
S석
초대권
원
일시:
장소:
니 말이
맞는 것 같아...
축
생신
1000
TAXI

← 호칭에 대하여

후배 ○○○

언니, 소개팅한 연하남이
톡을 하다가 저에게 '누나'라고 불렀어요.
이 자식, 뭐죠?

드라마 〈밥 잘 사주는 예쁜 누나〉의 영향이었을 거라고
후배를 다독였다. 그래서 '누나'라는 호칭이
자신도 모르게 자연스레 나왔을 거라고.
하지만 후배는 흥분한 어투로 카톡을 보내왔다.

그 드라마는 누나 동생 하다가 연인이 된 거고요,
저는 소개팅으로 만난 거라니까요!
만난 날은 '○○ 씨'라고 이름 불렀는데
오늘 톡에서는 '누나'래요.
이 '누나'에 담긴 저의가 뭘까요?

넌 이성이 아니다! 선 긋기인가요?

글쎄다.

그리하여 나는,

연상의 여인과 연애를 하고 있는 한 남자에게 물었던 것이다.

그랬더니 그는 이런 깔끔한 답문을 보내왔다.

남자가 연상녀를 만날 때는,

호칭으로 그 사람과 나 사이를 먼저 규정하려 하지.

고로 그 남자는,

그녀와 자신을 '여자 - 남자'로 규정한 것이 아니고

'누나 - 나'로 규정한 거야.

그래도 계속 만나고 싶다면

가볍게 만나는 게 좋을 거야.

아니면 나중에 상처 받을 수도 있으니까.

이 문자를 고스란히 복사해 전달해주면서 나는 생각했다.

그래, 연애에서 뿐만 아니라

'호칭'은 그 사람과 나를 규정해주는 중요한 증거물이다.

그러니 일을 하면서 나를 함부로

"야", "너", "얘"로 부르는 사람에겐
분명히 말해둘 필요가 있단 말이지.

나는 당신의 '야'가 아니라고.
당신의 '너'와 '얘'는 더욱 아니며,
나에게도 엄연히 이름과 지위가 있다고.
나이, 직급, 경력 그 모든 것을 떠나서
호칭은 내 권리를 지킬 수 있는 가장 기본적인 수단인 것이다.

아, '누나'라는 호칭에서 시작된 이야기가 너무 멀리 왔네.

근데요, 말 나온 김에 한마디 더 덧붙이자면,
부부 사이에도 아내를 "야", "너"라고 부르는 남편이 있더라고요.
그거 정말 옆에서 듣기 별로입니다!
뭐 본인들이 좋다면 상관없지만요. (급하게 꼬리 내림.)

나를 함부로 부르는 사람을
삭제하시겠습니까?

취소	삭제

177%

← 칭찬과 자존감의 비례 법칙

○○○ **피디**

원고 잘 받았습니다.

원고를 보냈는데 받았다는 말만 있을 뿐 뒷말이 없다.

예를 들면,

"너무 재밌어요"라든가,

"신선한데요"라든가,

"역시 이 작가님"이라든가,

뭔가 칭찬이 덧붙어 와야 하는데 칭찬이 없다.

뭐지? 맘에 안 든다는 건가?

아냐, 아직 안 읽어본 걸 거야.

가라앉으려는 마음을 애써 붙잡으며

우장산 공원을 걷기 시작했다.

그때 저 멀리서 교회 주보를 나눠주고 계신 분이 보인다.

나는 결심한다. 절대 받지 않으리라!

주보도 전단지도 받지 않을 거야.

오늘은 아무것도 들지 않은 가벼운 손으로 걸을 거야.

왜? 난 우울하니까.

나는 당당히 외면하며 그녀의 곁을 지나가려고 했다. 진짜다.

그런데,

(주보를 내밀며) 예쁜 학생, 받아봐요~

예.쁜. 학.생?

내 나이 40대. 누가 봐도 학생일 리 없건만,

게다가 검은 트레이닝복으로 온몸을 도배한 내가

예쁠 리는 더더욱 없건만,

나는 '예쁜 학생'이란 말에 그만, 주보를,

받고 말았던 것이다.

나도 안다. 빈말이라는 거.

그러나 앞서 말했듯 칭찬에 굶주렸던 날이었다.

179%

이날뿐만 아니라, 나이가 들고 커리어가 쌓일수록
나를 칭찬하는 사람들이 사라져갔다.
이 정도면 잘했어, 스스로 생각해도
사람들은 나를 칭찬하지 않았다.
그 경력에 이 정도 쓰는 건 당연한 거 아냐?
라고 생각하는 사람들이 대부분이었던 것이다.

'칭찬과 자존감의 비례 법칙'을 아는가? (방금 지어냈어요.)
칭찬이 줄수록 자존감이 줄어든다.
내 글이 예전만 못한가? 감이 떨어졌나?
수정을 요구하고 싶은데 말 못 하고 뒤에서 내 욕하는 거 아냐?
왜 이제 동안이라고 안 하지? 나이보다 더 들어 보이나?
그렇게 생각이 꼬리에 꼬리를 물면
잎새에 이는 바람에도 나는 괴로웠던 것이다.

집으로 돌아와 주보를 구겨 버리려는데,
문득 주보에 적힌 한 줄이 눈에 들어왔다.

하나님의 자녀가 된 거룩한 존재인
자신을 사랑하는 자존감으로 살아간다.

교회를 안 다녀서 앞뒤 연결된 뜻은 잘 모르겠다.
다만, '자신을 사랑하는 자존감'이라는 그 한마디가
가슴 깊이 울렸다.
내가 나를 사랑하지 않고, 나를 칭찬하지 않는데,
남의 칭찬이 무슨 의미가 있을까.

남의 칭찬에 목말랐던 시기,
남의 칭찬이 있고 없고에 기분이 좌우됐던 날들,
그게 얼마나 어리석은 시간이었는지
뒤통수를 맞은 듯 정신이 번쩍 났다.

결국 칭찬이란,
그 사람의 기분에 따라 할 수도 있고 안 할 수도 있는
'감정표현'의 하나일 뿐 아니던가.
돌고래도 춤추게 한다는 칭찬은,
어쩌면 돌고래처럼 나를 조련하려는
상대의 지략일지도 모르겠다.

그리하여 나는, 이제 칭찬의 올가미에서 벗어나려 한다.
칭찬에 놀아나 더욱 열심히 해야지, 라든가

181%

칭찬이 없으니 우울해하는 일 따윈 하지 않으련다.

그래, 나는 이제 남이 주는 칭찬을 거.부.한.다.

진짜 칭찬은 내가 나에게 주는 칭찬뿐이다.

타인의 감정표현 중 하나일 뿐인
칭찬을 삭제하시겠습니까?

취소 | 삭제

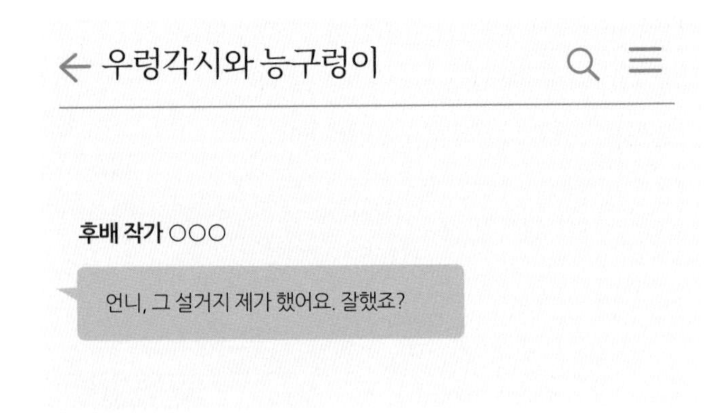

꽤 오래전 방송팀에서 MT를 간 적이 있다.

아이템 회의를 하고 난 후,

밤새 고기를 구워 먹으며 수다를 떨다 지쳐 모두 잠이 들었다.

뒷정리는 하나도 하지 않은 채 말이다.

그런데 몇 시쯤 됐을까?

동도 트기 전, 거친 물소리가 들린다.

달그닥 달그닥 쏴아. 누군가 설거지를 하고 있다.

아, 정말 고마운 사람이네, 남들 잘 때 우렁각시처럼 해주다니,

는 두 번째 감정이고,

183%

제일 먼저 드는 생각은 '시끄럽다. 잠 좀 자자'였다.

남들 잘 때는 좀 자지, 새벽부터 왜 저래?
근데 저 설거지하는 사람, 대체 누굴까?
선배님이면 일어나서 나도 도와야 하는 거 아닐까?
그냥 이따가 다 같이 하면 될 텐데!

한마디로 짜증이 몰아쳤다.
그러다 나는 깜짝 놀랐다. 문득 예전의 내가 떠올랐기 때문이다.

어쩜, 네가 다들 잘 때 설거지를 다했니? 세상에 빠릿빠릿하기도 하지.

이 칭찬 한마디 듣고 싶어서,
남들이 잠든 사이 나는 얼마나 열심히 뒷정리를 했던가.
그런데 놀라운 것은,
다음 날 누가 치워놨다고 그다지 고마워한 사람도 없었고,
치우지 않았던들 대수롭지 않게
다 같이 으쌰으쌰 치웠을 거란 사실이다.
어쩌면 밤새 달그닥거리는 소리를 들으며
누군가는 나처럼 짜증을 냈을 수도 있겠지.

그날 나는, 칭찬 좀 듣겠다고

내 잠을 희생하는 우렁각시는 되지 말자고 결심했다.

우렁각시 대신, 차라리 능구렁이가 되어보는 건 어떨까?

모두가 일어나길 기다렸다가, 일어나면 말하는 거다.

어머, 다들 일어나셨어요?

잠 깨울까 봐 설거지를 못 했어요.

이왕 이렇게 된 거, 뒷정리 조금씩 나눠 할까요?

우리는 사람이지, 우렁이가 아니니까요.

유연한 능구렁이가 되는 법을
저장하시겠습니까?

취소	저장

185%

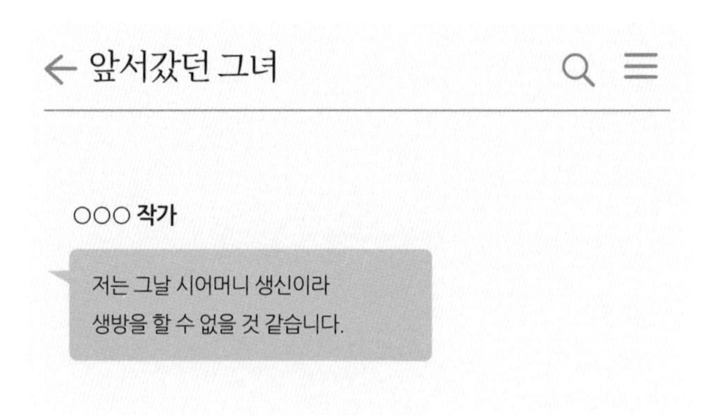

아주 오래전이라 정확히 기억나지 않는다. 무슨 이유에선지 모르지만 어느 주말, 우리는 녹음으로 방송을 내보내기로 했다가 사정상 생방송으로 갑자기 돌려야 하는 상황이었다.

내 삶에서는 언제나 일이 먼저였기에, 나는 나오라면 당연히 나와야 하는 줄 알았다. 그런데 단톡방에서 둘째 작가가 말했다.

저는 그날 시어머니 생신이라 생방을 할 수 없을 것 같습니다.

"응? 이게 미쳤나!"라는 말을 찍어 단톡방에 올린 것은 아니었으나 솔직한 내 심정은 '저게 미쳤지!'였다.

◁ ✱ 187% ▭

나는 교통사고가 난 후에도 목에 보호대를 하고 작가실에 와서 원고를 쓰던 사람이었다. 모두 쉬라고 했지만 쉬지 못했다. 그것은 지나친 책임감 때문이기도 했지만 그만큼 내 인생에서 일이 중요하다고 생각했기 때문이다.
그런데 시어머니 생신이라 생방송을 못 하겠다니! 이게 도대체 말이 되는 소리인가 싶었던 것이다. 물론 그 둘째 작가에게도 사정은 있었다. 시어머니 생신상을 본인이 차려드리기로 하고 가족들을 초대했는데, 이제 와서 취소할 수는 없다는 것이었다.

아니 그러면, 미리 음식 준비 다 해놓고 나오면 안 되는 거야?
방송 끝나자마자 집으로 달려가겠다고 하고 빠져나올 순 없는 거야?
계획을 바꿔 남편이 "그냥 밖에서 드시죠" 할 순 없는 거야?
왜 시어머니 생신은 중요하고 방송은 안 중요하다고 생각하는 거야?

이런 말들이 목구멍까지 차올랐지만, 차마 내뱉지는 못했다. 그저, "그래, 내가 나오면 되니까 넌 원고만 보내" 하고 착한 메인 작가 코스프레를 했을 뿐이다.

그런데 당시에는 그렇게 미친 것만 같았던 후배의 마인드가 지금은 왠지 모르게 멋있어 보인다. 생각해보면 그녀는, 일과 가정 중에서 가정이 먼저인 사람일 뿐이었다. 아니, 일찌감치 요즘의 '워라밸' 비스무리한 것을 실천한 선두 주자인지도 모르겠다.

인생에서 무엇의 가치를 선두에 두느냐는 그녀의 자유다. 옳고 그름이 없으며 선택의 문제일 뿐이니, 오히려 그녀는 내가 답답했을지도 모르겠다. '일 그거 아무것도 아닌데. 쯧쯧. 제일 소중한 건 가족이란 걸 왜 모를까'라고 생각했을지도.

그런저런 이유로 지금은 서로 연락을 하지 않는 사이가 되었지만, 우연히라도 마주치게 된다면 꼭 말해주고 싶다. 생각해보니까, 그 때의 네 선택 멋졌다, 진심으로!

그녀의 당당했던 선택을
저장하시겠습니까?

취소 저장

← e-프리퀀시를 넘기시오

메인 작가 ○○○

나 스벅 다이어리 타야 되는데,
네 e-프리퀀시 좀 넘겨주라. 플리즈~~

해마다 12월이 되면, 내 주위에선 작은 전쟁이 일어난다.
스타벅스 다이어리를 쟁취하기 위한 대향연.
스벅 다이어리란 무엇인가. 일반 커피 열네 잔에 스페셜 음료 세 잔을 채워야만 준다는, 상술을 가장한 꿈의 다이어리.

내 보기엔, 그 돈으로 팬시점 가서 하나 사겠고만, 나의 후배는 굳이 그 다이어리를 얻겠다고 스타벅스에서 줄을 길게 서는 수고를 마다하지 않는다.
그러던 어느 날 후배가 받은 문자 한 통. 2년 전 함께 일했던 메인 작가인데, 스타벅스 다이어리를 타야 하니 e-프리퀀시를 넘기라는 것이다.

처음에 나는 그게 뭔지도 잘 몰랐다. e-프리퀀시가 뭐여? 미국 록 그룹 이름인가?
나중에야 알았다. 그것이 일종의 전자 쿠폰이고, 타인에게 보낼 수 있으며, 한번 보낸 후에는 취소가 어렵다는 것을.

후배는 망설였다. 작년에 실패했기 때문에 올해는 꼭 다이어리를 갖고 싶어 했던 후배. 커피라고는 오직 아메리카노만 마시지만, 그 다이어리를 갖기 위해 스페셜 음료를 억지로 주문하던 그녀. 평소 3천 원짜리 커피만 마시다가 비싼 커피를 먹고 나니 몸에 두드러기가 나는 것 같다던 소박한 아이. 그런데 그렇게 쌓고 있는 e-프리퀀시를 넘기라는 것이다!

"어떡하죠?"라고 묻는 후배에게 "안 된다고 해"라고 말했지만, 후배는 나중에 혹시라도 같이 일하게 될지도 모르는데 어떻게 그러냐며, 떨리는 손으로 e-프리퀀시를 보냈다. (아, 여기서 저는 정말 눈물이 흐를 뻔했더랬죠. 어흑!)

물론 이것이 별일 아닐 수 있다. 그거 뭐, 돈을 달라는 것도 아니고 다이어리를 사달라는 것도 아닌데 줄 수도 있지 뭐, 라고 생각할 수도 있다. 그리고 싫으면 안 된다고 하면 되잖아, 라고 쉽게 말할 수도 있겠다. 하지만 우리는 누구나 경험해보지 않았던가. 차마 거절할 수 없는 애매모호한 부탁인 듯 부탁 아닌 명령 같은 요구를.

나이가 들수록, 상대보다 높은 자리에 있을수록, 부탁을 함부로 하면 안 되는 것은 바로 이런 이유가 아닐까.
나 자신을 돌아본다. 어쩌면 대수롭지 않게 한 나의 요구가, 부탁이, 그들에겐 눈물로 e-프리퀀시를 보내는 후배의 마음과 같았던 건 아닐까.

새해가 왔으니 후배에게 다이어리를 선물해야겠다.
그곳에는 합당하고 즐거운 일들만 적게 되기를.

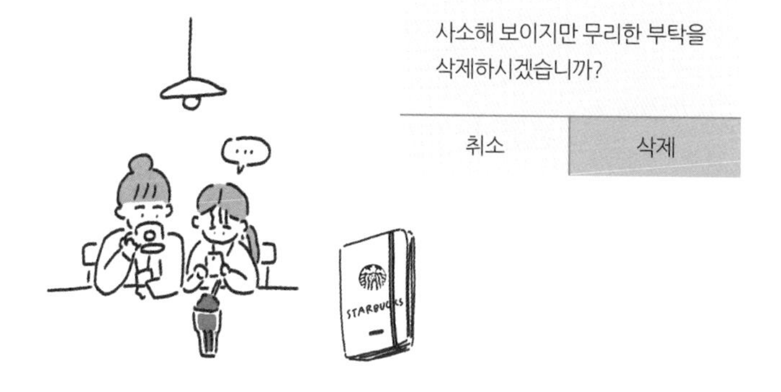

← 내성적인 게 어때서

메인 작가 ○○○

이 바닥에서 일하려면 네가 성격을 고쳐야지.
그렇게 내성적이어서 어떻게 작가생활 하냐?

후배가 심각하게 자신의 진로를 고민하고 있었다.
숫기가 없고 내성적인 성격인데(그렇다고 사회생활을 못 할 정도는 아니고요), 메인 작가 언니가 자꾸 나서야 하는 일을 자기에게 시킨다는 것이다.

이를테면, 출연하는 연예인한테 가서 말 걸면서 기분 좀 좋게 만들라고 하거나, 회식할 때 분위기 좀 띄우라고 하거나, 길거리의 아무나 붙잡고 일반인 섭외 좀 해오라고 하거나, 회의할 때 활발하고 시원시원하게 아이디어 좀 팍팍 내라고 하거나, 아무튼 그런 밝고 명랑하고 적극적인 태도를 요구한다는 것이다.

193%

하나 이 후배는 타고나길 소극적인 성향으로 태어났고, 대신에 앉아서 자근자근 글 쓰는 것을 좋아하여 작가가 되었는데, 글보다 성격을 더 중요시하는 이 바닥에서 살아남을 자신이 없다는 것이다.

후배의 이야기를 듣고 있노라니 과거의 나를 보는 것 같아 마음이 아팠다. 나 역시 소극적이고 내성적이고 낯을 많이 가리는 성격이라, 방송작가라는 직업이 나에게 맞지 않는 옷은 아닐까 고민이 많았다. 잠깐이라도 이목이 집중되는 게 싫어서 상 받는 것도 너무너무 꺼려하는 나는, 그저 어디서든 있는 듯 없는 듯 일하는 게 꿈이었을 정도니까.

그런데 그렇다고 해도 저렇게 쉽게 남에게 성격을 고치라고 말해도 되는 걸까?
물론 밝고 명랑하고 쾌활하며 쿨하고 누구하고나 어울리면서 뒤끝 없고 세상을 늘 긍정적으로 살고 주위 사람 기분 잘 맞춰주면서 앞에 나서서 말하는 것이 두렵지 않고 아이디어가 늘 반짝반짝 떠오르고 그래서 자신 있게 자신의 의견을 말하며 회의 분위기를 유쾌하게 이끌면 좋기야 하겠지. 젠장.

하지만 생각해보자.

따지고 보면, 내성적인 사람은 사회생활하기 힘들다는 말도 결국은 외향적인 사람이 자기 기준에서 지어낸 말 아닌가?!
따라서 나는 내성적인 사람에게 함부로 외향적으로 바꾸라 마라 하는 사람들의, 조언으로 가장한 폭력을 강력히 규탄하는 바입니다!
라고 주장하지는 못하겠다. 왜냐하면 나는 내성적이므로.

하지만 적어도 이제 소극적이고 내성적인 자신을 원망하거나 탓하지는 않기로 했다. 이런 성격도 있고, 저런 성격도 있고, 내 성격은 그 수많은 성격들 중 하나라고 받아들였기 때문이다.

그런 이유로, 나는 후배에게 성격 때문에 방송작가를 포기하라는 말은 하고 싶지 않다. 대신 남들과 다른 노력은 필요할 수 있겠지.
예를 들어, 회의 시간에 여러 사람 앞에서 말이 잘 안 나온다면 페이퍼로 작업해서 돌리는 방법도 있겠고(오히려 이렇게 하면 준비 많이 해온 것처럼 보입니다. 경험담), 연예인 앞에서 혼자 말하는 게 어색하다면 질문을 던지고 잘 들어주면 된다(연예인 중에서 말 걸면 오히려 싫어하는 출연자도 많아요. 경험담).

고로, 남에게 피해만 주지 않는다면 성격을 고치지 못해 괴로워는 말자.

195%

대신 받아들이고 다른 노력을 하자. 외향적인 것들이 못하는 노력을! 내성적인 사람들이 잘하는 노력을!

전국의 내성인들이여~ 일어나라~~~~

성격 고치라는 조언으로
가장한 폭력의 말을
삭제하시겠습니까?

취소 삭제

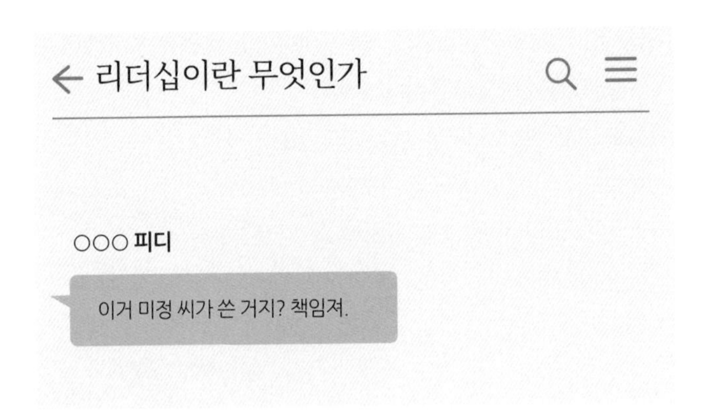

리더의 가장 중요한 덕목은 뭘까?
나는 리더도 아니면서 그런 고민을 한 적이 있다.
라디오 프로그램을 제작하는 데 굳이 리더를 꼽으라면, 아마도 '피디'일 것이다. 그렇다고 작가와 디제이가 부하라는 뜻은 아니다. 모두가 협력 관계에 있지만 방송이 잘못됐을 시 모든 책임을 피디가 지기 때문에 나는 피디가 리더라고 생각한다.

그런데 어느 날, 후배 작가가 피디 때문에 그만두고 싶다는 이야기를 했다. 개편 시기가 아니어서 좀 의아했는데, 너무 힘들다고 했다.
이야기를 들어보니, 회의에서 나온 아이디어로 다 함께 '이렇게 이렇게 하자' 하고 코너를 짜서 원고를 써오면, 그때까지도 아무 말 안 하던 피디가 방송이 재미없을 경우 무작정 "이거 자기가 쓴 거지? 재미없잖아. 책임져"라고 말한다는 것이다.
그러면서 후배 하는 말이, 누구의 아이디어다 아니다 이제 와서 따지고 싶진 않지만, 처음 그 아이템을 낸 것도 피디였고, 재미없을 것 같다고 반대했지만 한번 해보자고 해서 자신은 나름대로 최선을 다해 썼는데, 방송이 재미없자 무작정 글 쓴 사람 책임으로 돌리니 힘들다는 것이다.

그러고 보니, 나도 그 피디에 대한 이야기를 들은 적이 있다. 방송이 재미있으면 자기 덕이고, 재미없으면 무조건 작가 탓을 한다는 소문. 후배가 물었다.

책임지라는 건, 그만두라는 말인가요?

모르겠다. 그러나 다른 건 몰라도 이거 하나는 알겠다. 그 피디에겐 리더십이 없다는 것.
내가 바라는 리더는 책임을 두려워하지 않는 사람이다.
"새로운 거 해보고 싶어? 그래 그럼, 해보자. 내가 책임지고 윗선을 설득할 테니까 한번 해보자고." 그러고선 격려해주면 되는 것이다.

나태하다 싶으면 다그치면 되는 것이다. 이게 아닌 것 같으면 수정하면 되는 것이다. 그렇게 나온 결과물은 자신도 함께 책임지면 되는 것이다.
그런데 책임을 지려는 게 아니라 책임을 지우려 한다는 건, 리더의 자격이 없다는 뜻 아닐까.

그렇게 잘 알면 네가 리더 하라고요?
제가 그걸 못해서 리더를 안 하고 있…… 여기까지 하겠습니다.

책임 전가하는 리더의 번호를
삭제하시겠습니까?

취소	삭제

199%

← 보내지 못한 문자

야, 네가 그렇게 잘났냐!
"네네" 해주니까 네가 잘나서 "네네" 하는 거 같지?
먹고 살려고, 돈 벌려고 그러는 거거든?
네가 그 위치가 아닐 때도 "네네"거릴 사람 있는지,
30년 후에 퇴직하면 한번 보자.
예언 하나 하는데, 너 말년에 엄청 외로울 거다.

30대 싱글 여성 셋이 카페에 모였다.
그래도 먹고 살아가야 하니 직장을 그만둘 수는 없고,
묵묵히 다니자니 속은 터지고,
그리하여 모처에 앉아
각자 들이받고 싶은 사람에게 하고 싶은 말을
차마 보낼 수는 없더라도 문자로나마 작성해보았다.

직접적으로 쌍욕을 적은 친구도 있었고

반말로 따지는 게 전부인 친구도 있었지만,
일단 그렇게 털어버리고 나니 속은 좀 후련했던 그날 밤.

시작은 거창했으나 용기가 없어 보내지 못한 우리의 문자는
지금도 각자의 예전 휴대전화에 저장되어 있다.
그걸 만약 진짜로 전송했다면, 우리는 지금쯤 어떻게 되었을까.
아, 갑자기 등골이 오싹하다.

물론 이걸 그냥 확 보내버리고 다 그만둘까,
아주 잠깐 고민도 하였다.
그러나 우리는 버티는 게 이기는 거라는
다소 씁쓸한 결론에 도달했다.
우리의 월급에는
괴팍한 상사와 이상한 동료를 대응해야 하는
수고비도 포함되어 있는 거라고,
나도 누군가에게는
괴팍한 선배, 야박한 동료일 수 있다고,
그러니 쌤쌤으로 치자며 스스로를 자위하던 밤.

그러나 모르겠다.

⊿ ✱ 201%

우리의 나이가 여든쯤 됐을 때도 여전히 한 맺히게 억울하다면
고령이 되어 떨리는 손으로 전송 버튼을 누를지도.

아니 어쩌면,
이 나이까지 살아보니 그거 정말 별거 아닌데
내가 왜 그렇게 파르르 떨었을까, 하며
작성했던 문자를 스스로 삭제하게 될지도.

얄미운 상대에게 들이받는
문자를 보관하시겠습니까?

보관만요. (전송은 말고요.)

← 거절하지 않으면 선례가 된다

음악작가 ○○○

누나, 우리가 그런 선례를 남기면
안 되는 거야.

친구의 부탁을 받은 건 어느 금요일 저녁이었다.
공연기획사에서 일을 하고 있는 친구인데,
한 음악가에 대한 전문적인 홍보 칼럼이 필요하다고 했다.
혹시 마땅한 음악작가가 있냐고 물으면서.

너무 미안한데, 우리가 예산이 없어서
원고료는 공연표로 드리면 안 될까?

뭐 형편이 안 된다는데 무보수로 써줄 수도 있지, 라고 생각했다.
그래서 평소 알고 지내던 후배에게 문자로 사정 얘기를 해보았다.
그랬더니 후배가 대뜸 묻는다.

◁ ✱ 203%

원고료가 공연표라고?

응.

그러자 후배는 단칼에 거절한다.

그건 아니지.

응?

누나, 우리가 그렇게 일을 해주기 시작하면

후배들이 힘들어져.

누구는 무보수로 해주던데, 그 금액에 해주던데,

너는 왜 안 되냐? 그렇게 나온다고.

작가의 권리는 작가가 지켜야 해.

우리가 그런 선례를 남기면 안 되는 거야.

순간적으로 기분이 확 상했다.

아니, 내가 뭐 그렇게 대단한 잘못을 했다고

작가의 권리까지 들먹이지?

싫으면 관둬라, 뿡!

그런데 그날 밤,

자기 전 후배의 문자를 곱씹는데 얼굴이 빨개졌다.
그 장문의 문자엔 틀린 말이 하나도 없었기 때문이다.

혹시 돈 밝히는 작가라고 생각할까 봐
일을 시작할 때 원고료는 한 번도 물은 적이 없었다.
액수가 적은 걸 알게 되더라도
친분이 있으니까 차마 거절하지 못했다.
심지어는 하루 전에 급하게 부탁하는 무례한 일도
무능해 보이지 않으려고 밤을 새서 해냈다.

그런데 후배의 말을 듣고 보니,
난 그 모든 것에 나쁜 선례를 남기는
철.없.는. 선.배.였던 것이다.

돈을 밝히는 탐욕스러운 작가여서가 아니라,
밤을 새서 못 해내는 무능한 작가여서가 아니라,
성격이 모난 까탈스러운 작가여서가 아니라,
그렇게 해주다 보면 작가를 함부로 대하는 사람들이 늘어나고
결국 권리를 스스로 내주는 꼴이 되는 것이기 때문에
우리는, 아니 나는, 거절하는 것이 마땅했다.

205%

그래서 잠들기 전, 후배에게 문자를 보냈다.

네 말이 맞는 것 같다.

앞으로는 그런 선례를 남기지 않을게.

지금도 어쩌면 많은 사람들이 차마 거절하지 못하고
부당한 일을 떠안는 선례를 남기고 있을지도 모르겠다.
거절을 못 하는 마음도 알고, 그 불안함도 모르는 바는 아니다.
그러나 일을 떠안기 전에 한번쯤 생각해보면 어떨까?

이것이 선례로 남았을 때
후배들에게, 혹은 미래의 나에게,
어떤 부당함으로 다시 돌아올지
한번쯤 더 고민해보는 건,
현실을 모르는 욕심일까.

큰 교훈이 된 후배의 질책을
저장하시겠습니까?

취소 | 저장

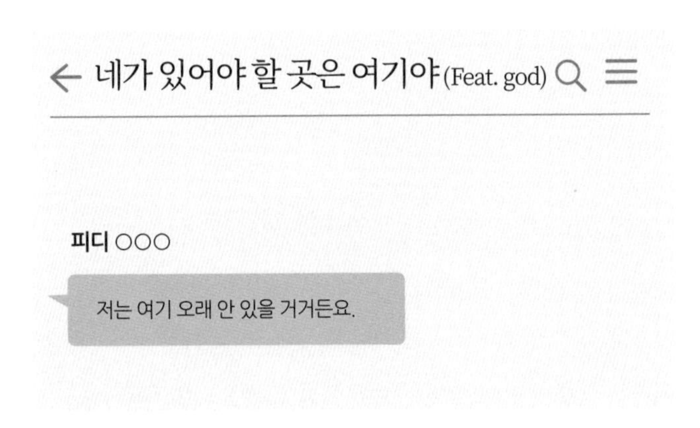

아마도 가을이었던 것으로 기억한다.
지역 행사가 있어서 무대 뒤에 서 있는데, 음향장비를 옮기던 사람이 굉장히 불만스러운 어조로 말했다.

내가 여기서 이런 거나 옮기고 있을 사람이 아닌데.

그 말을 듣는 순간, 아주 오래전 함께 일했던 피디가 떠올랐다.
그 피디로 말할 것 같으면, 공중파에 입사하고 싶었으나 세 번 다 낙방하고 조그마한 제작사에 입사한 피디였다.
작은 회사다 보니 피디 일뿐만 아니라 그 외의 업무도 좀 많은 편이었는데, (그런 자잘한 일들이 모이면 짜증이 날 수 있다는 건 알고 있

207%

지만) 그는 말끝마다 이렇게 말했다.

내가 여기에 있을 사람이 아니거든요.

그러면 어디에 있을 사람인지, 나는 묻지 않았다. 아마도 더 큰 물에서 놀 사람이란 의미겠지. 그런데 이상한 것은, 그 사람이 그런 말을 할 때마다 내 기운이 쪽 빠진다는 것이었다.
그는 몰랐을 것이다. 그의 말투에 스며 있는 '여기'에 대한 부정이 주변 사람들을 얼마나 기분 나쁘게 하는지. 얼마나 무기력하게 만드는지. 여기서 일할 사람인 우리들은 그렇게 영문도 모른 채 그에게 무시를 당하고 있었다.

언젠가 공연에 대해 추가로 문의할 것이 있어 그에게 문자를 보냈을 때, 그는 그 건에 대해서는 잘 모르겠다는 말과 함께 답문을 보내왔다.

저는 여기 오래 안 있을 거거든요.

그런데 놀라운 것은, 오래 안 있을 거라는 그는 거기서 10년을 더 있었다.

물론 지금 일하는 곳이 내 기대에 많이 못 미칠 수 있다. 그래서 마음속으로 '언제든 더 큰 곳으로 헤엄쳐가야지' 하고 각오를 새길 수는 있겠다. 그러나 그것을 입 밖으로 꺼내고 스스로에게 자꾸 상기시키는 것이 현실에 어떤 도움이 될지는 잘 모르겠다.
그 말을 유행가 가사처럼 듣고 있어야 하는 주변 사람들에게는 더 더욱…….

내 일터를 무시하는 사람을
삭제하시겠습니까?

취소	삭제

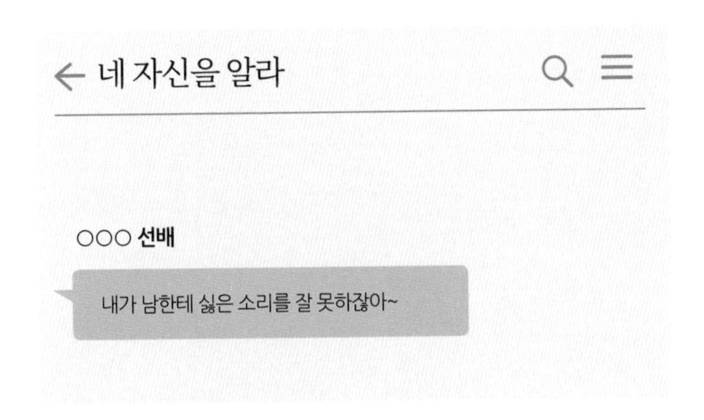

이 세상에, 자기 자신에 대해
제대로 평가를 내리고 있는 사람은 몇이나 될까?

내가 "나는 미니멀 라이프를 추구하는 사람이야"라고 했을 때
"풉, 언니가요? 저 찬장 가득 쟁여놓은 홈쇼핑 화장품은 어쩌구요?"
라고 비웃은 후배 덕분에
'아, 나는 미니멀 라이프를 살고 있는 게 아니구나'
라고 알게 된 것처럼,
우리는 내 진짜 모습을 타인을 통해 깨달을 때가 종종 있다.

어느 늦은 밤, 선배 언니가 문자를 보내왔다.

211%

이런저런 이야기가 많았지만 내용을 요약하자면
나와 친한 후배를 혼내달라는 얘기였는데,
그러면서 덧붙인 말이
"내가 남한테 싫은 소리를 잘 못하잖아"였다.
"네에? 언니가요?"라고 보내지는 못했습니다. 차마.

내가 놀란 이유는
그 언니가 작가들 사이에서는 '독설가'로 통하기 때문이었는데,
같은 말을 해도 기분 나쁘게 톡톡 쏘고
그 말까지는 안 해도 되는데 괜히 한마디 덧붙여서
고마워지다가도 감정을 싸~하게 만드는
사람이었던 것이다.
그런 그녀가 스스로를
남한테 싫은 소리 잘 못하는 사람으로 알고 있다니,
나는 그날 충격에 휩싸이지 않을 수 없었다.

남자친구랑 노는 것보다 너희들하고 노는 게 더 좋아!
라고 했던 친구는,
남자친구와 약속이 생겼다며
번번이 우리 모임의 약속을 깼고,

나는 워커홀릭은 아니야~

라고 했던 작가는,

새벽 한 시에도 아이템 회의를 하자며 톡을 보내왔다.

내가 좀 무던하잖니~

라고 말하는 사람치고 까탈스럽지 않은 사람이 없고,

뭐든 잘 먹어요~

라고 해서 아무거나 시키면,

이런 건 잘 안 먹는다며 타박하는 사람도

나는 여럿 보았던 것이다.

그리하여 나는 궁금해졌다.

우리는 자신에 대해 얼마나 알고 있을까.

그리고 두려워졌다.

나는 내가 그다지 후배를 쪼는 선배가 아니라고 생각하지만

나를 두고 후배들이 모여서 이렇게 말하는 건 아닐까?

와, 지가 쪼는 선배가 아니래.

후배들을 그렇게 불편하게 해놓고. 와~~

213%

혹시 제가 저에 대해 잘못 알고 있다면,

미안합니다. 저를 아는 모든 여러분.

자기 자신에 대한 평가를
재고하시겠습니까?

취소 | 재고

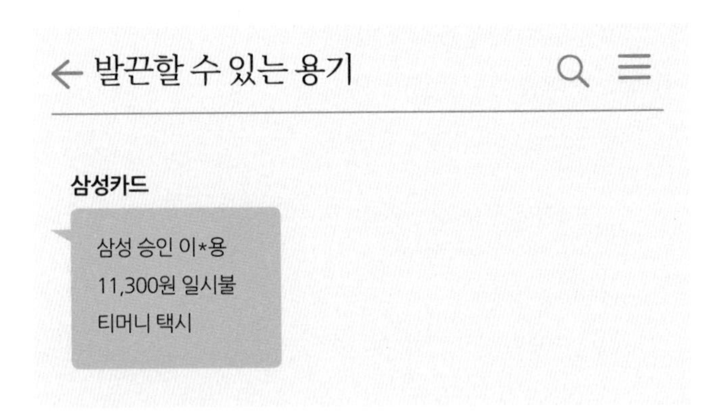

회식 후 들어가던 늦은 밤이었다.
맥주 몇 잔으로 차를 두고 택시를 타고 가는데
기사님이 말을 걸었다.

아가씨, 결혼했어요? 나는 말예요,
라면서 자신의 결혼담을 들려주신다.

그런데 그 결혼담이라는 게, 참……
우리가 모임에서 만나서 남녀 둘씩 짝을 지어서 놀러 갔어요.
그리고 내가 수면제를 탄 술을 먹여가지고 일을 치렀지.
흐흐흐, 그래서 결혼했어요.

215%

그 얘기를 듣고 있는데 등골이 오싹하고,
무엇보다 불.쾌.했.다.
그게 이렇게 무용담처럼 떠들 일이야?
그 일이 일면식도 없는 승객에게 자랑처럼 할 얘기냐고!

물론 예전의 나라면, 그냥 "아, 그래요?" 하며 참고 넘겼을 것이다.
그런데 그날은 맥주의 힘인지, 아니면 이제 나이가 든 것인지,
분노를 삭일 수가 없었다.
그래서 나는 그 어디에서도 내본 적이 없는
매우 강하고 야무진 어조로(저의 착각일 수도 있습니다만) 말했다!
그건 범죄 아닌가요?

그러자 기사님이 백미러로 나를 힐끔 보시더니,
뭐, 그래도 내가 좋으니까 결혼하지 않았……겠……어요?
하며 내 눈치를 보신다. 흠, 떨고 있군.

나는 또 한 번 용기를 끌어모아 매섭게 얘기했다.
그냥 여기서 세워주세요.
그리고 내려서,
후회했다.

갑자기 비가 내릴 줄이야.
아이씨, 그냥 "범죄 아닌가요?"까지만 할걸.

하지만 지금도 후회하지 않는 한 가지는,
내가 불쾌하다는 뜻을 표현했다는 것이다.

나 이제, 상대가 잘못한 문제는 당당하게 지적하고 싶다.
기분이 나빠도 애써 아닌 척 "괜찮아요"라고 말하는 것,
안 하고 싶다.
상대가 기분 상할까 봐 말 못 하고 내 속만 썩어가는 거,
못 하겠다.

그런 이유로, 나는 그 기사님을 다시 만나도 똑같이 말할 것이다.

그건 범죄고요,
저는 그런 이야기는 듣고 싶지 않습니다.

그때 그 용기 있는 발언을
저장하시겠습니까?

취소 저장

217%

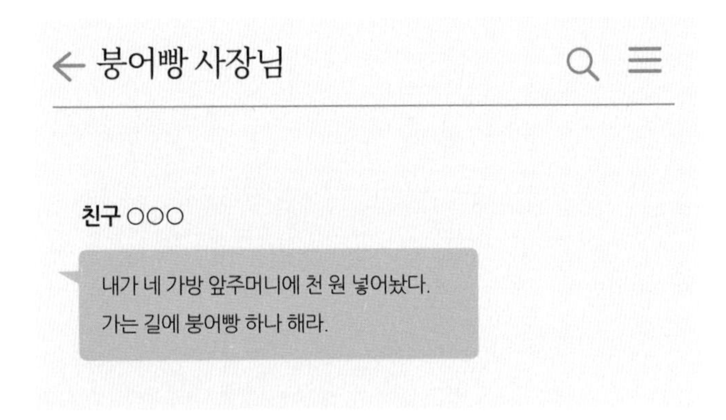

추운 날이었다.
올해 들어 최고 한파라고 뉴스에서 떠들던 기억이 난다.

그 추운 날 만난 친구는 회사에 과감히 사표를 내고 인생의 휴식기에 접어들었다. 그런데 말이 좋아 휴식기지, 그 불안함이야 오죽하겠는가. 하지만 그래도 자기는 붕어빵이 있어 위로가 된다고 했다. 그러면서 시작된 동네 붕어빵 사장님 이야기.

그 사장님으로 말씀드릴 것 같으면, 한때는 대기업에 다니던 잘나가는 직장인이었다. 그러나 경제가 어려워지자 명예퇴직을 당하고, 퇴직금으로 사업을 했다가 쫄딱 망한 뒤, 살던 집을 팔아 간신히 붕어빵 장사 밑천을 마련했단다.
그런데 붕어빵 팔기는 또 어디 쉽나. 몇 번을 연습해도 태워먹거나 속이 안 익기 일쑤였고, 알게 모르게 만연한 지역 텃세 탓에 마음고생, 몸 고생하며 그래도 지금은 다행히 동네에서 어느 정도 자리를 잡았다는데…….

사표가 수리되고 송별회에서 웃고 떠들며 씩씩하게 돌아오던 그날, 친구는 그렇게 많이 먹고도 왠지 모르게 헛헛하더란다. 그래서 들어간 붕어빵 가게에서 구워놓은 붕어빵이 다 떨어져 새로 구워지기를 기다리는데, 순간 따뜻한 온기 때문인지 긴장이 풀렸기 때문인지 불쑥 눈물이 났더랬다.

그 눈물에는, 기를 쓰고 10년 다닌 회사인데 결국 나는 실패한 것인가, 로 인한 좌절감, 앞으로 어떻게 살지? 하는 불안감, 왠지 모를 서러움과 세상에 대한 야속함이 한꺼번에 몰려들어 한번 터진 눈물은 그칠 줄을 몰랐고, 붕어빵을 굽던 사장님은 당황해하며 친구 앞으로 어묵 국물을 내어주시더란다.

아이고 아가씨, 뭐가 그렇게 서러워서 그러나.
오늘부로 사표가 수리돼서, 꺼이꺼이. 근데 괜히 그만뒀나 봐요, 꺼이

꺼이.

손님이 없었기에 망정이지, 누가 봤으면 붕어빵으로 맞았나 싶게 울던 친구에게 사장님은 말씀하시더란다.

오늘 그만 안 뒀음 내일 그만뒀겠지.

그러면서 하시는 말씀이, 본인도 대기업 다닐 때 하루에도 몇 번씩 '내가 이놈의 회사, 사표를 내고 말지' 하는 생각을 하셨단다. 하지만 딸린 식구가 있으니 그게 또 그렇게 쉽게 결정할 일이 아니어서, 더럽고 치사해도 꾹 참고 좋은 날 오리라 믿었는데 결국 돌아온 것은 '명예퇴직'.

그로 인해 깨달은 것은, 내가 그만두나 회사가 나를 그만두게 하나 어차피 그만 다닐 회사는 그만 다니게 된다는 것이니, 자신의 선택을 후회하지 말고 '이 회사와의 인연은 여기까지구나' 생각하고 앞으로 살아갈 계획만 세우면 된다는 거였다.

그 말이 어찌나 위로가 되던지 친구는 또 한 번 대성통곡을 했고, 사장님은 돈 안 받을 테니 얼른 한 봉지 들고 가라며 붕어빵을 손에 쥐여주고 친구의 등을 떠미셨단다.

집으로 돌아와 붕어빵 꼬리를 뜯어 먹으며 친구는 생각했단다.
'그래, 내가 즉흥적으로 한 결정이 아니잖아. 참고 참고 또 참다가 쓴 사표였잖아. 오늘 그만 안 뒀음 내일 그만뒀겠지.'
그렇게 생각하고 나니 마음이 편해지면서 붕어빵의 따뜻한 기운이 온몸으로 퍼지는 걸 느꼈다나 뭐라나.

지하철 안에서 가방의 앞주머니를 확인해보니 꼬깃꼬깃하게 접힌 천 원짜리 지폐 한 장이 잡혔다. 혹시라도 현금을 가지고 다니지 않을까 봐 걱정한 친구의 배려였다.

다음엔 어떻게 될지 모르기 때문에 스스로 그만두는 선택을 하기가 쉽지 않은 프리랜서.
일이 들어오면 아무리 상처를 받아도 무조건 해야 한다는 강박에 사로잡혔던 나.

그러나 친구가 챙겨준 천 원을 보는 순간, 이상하게도 용기가 생겼다. 정말 참기 힘들면 그만둬도 되겠다는 마음 편함이랄까.

미래의 그 언젠가, 나는 일을 그만두고 돌아오는 길에 붕어빵 사장님의 한마디를 기억하리라.

결국 오늘 아님 내일 그만뒀을 거라고.

그러니 후회나 자책 말고 붕어빵이나 뜯자고 말이다.

붕어빵 사장님의 위로의
한마디를 저장하시겠습니까?

취소 | 저장

제 지인 중에
같은 회사에 다섯 번 이력서를 넣은 친구가 있어요.
그러면서,
서류 심사만 통과하면
면접에서는 당연히 될 것 같은데
서류 심사 통과가 어렵다고 한탄했었죠.

그러던 어느 날,
기적처럼 서류 심사를 통과했지만
그녀는 면접에서 불합격했습니다.
그때 그녀는 조금도 실망하는 기색 없이
당당하게 말했어요.
"이제 알겠어. 이 회사와 나는 인연이 아닌 거야."

당신이 그 회사에 들어가지 못한 건,
들어갔지만 나올 수밖에 없었던 건,
부족해서가 아니라
인연이 아니었던 겁니다.

그러니 어깨 펴고
또 다른 이력서를 작성해봅시다.

이제 너는
노땡큐

초판 1쇄 발행 2019년 2월 18일
초판 2쇄 발행 2019년 3월 14일

지은이 이윤용
펴낸이 김선식

경영총괄 김은영
기획 및 책임편집 조혜영 **책임마케터** 이고은
마케팅본부 이주화, 정명찬, 최혜령, 이고은, 이유진, 허윤선, 김은지, 박태준, 박지수, 배시영, 기명리
저작권팀 최하나
경영관리팀 허대우, 임해랑, 윤이경, 김민아, 권송이, 김재경, 최완규, 손영은, 이우철
외부스태프 디자인 형태와내용사이 **일러스트** 봉지

펴낸곳 다산북스 **출판등록** 2005년 12월 23일 제313-2005-00277호
주소 경기도 파주시 회동길 357 3층
대표전화 02-704-1724 **팩스** 02-703-2219 **이메일** dasanbooks@dasanbooks.com
홈페이지 www.dasanbooks.com **블로그** blog.naver.com/dasan_books
종이 한솔피앤에스 **인쇄·제본·후가공** 갑우문화사

ISBN 979-11-306-2072-5 (03810)

• 이 도서의 국립중앙도서관 출판시도서목록(CIP)은 서지정보유통지원시스템 홈페이지(http://seoji.nl.go.kr)와 국가자료공동목록시스템(http://www.nl.go.kr/kolisnet)에서 이용하실 수 있습니다.
(CIP제어번호 : CIP2019003507)